臆病な僕でも勇者になれた七つの教え

旺季志ずか

目次

【登場人物紹介】

キラ……12歳。神奈川県葉山《はやま》町在住の小学6年生。米国海軍に勤めるアメリカ人の父親と日本人の母親の間に生まれた。青い髪という特異体質が原因で両親が離婚。母とふたり、困窮《こんきゅう》した暮らしをしている。自分は「バケモノ」だという心の傷を抱えている。

リク……12歳。キラのクラスメイト。野球が好きで、将来はプロ野球選手になるのが夢。リトルリーグのチームで4番、エースピッチャー。病院を経営する家に生まれ、裕福で容姿端麗の秀才だが、医者を志す優秀な兄と比較され、ブラザーコンプレックスに苦しんでいる。

老師《ラオシー》……聖櫃《アーク》が隠されている森の案内人。容姿はカエルだが、深遠《しんえん》な知恵をもつオチャメな賢者。徳島弁を流暢《りゅうちょう》に話す。メロンパンが好物。キラとリクに勇者になるための教えを与え、ふたりを導く。

エリカ……15歳。ニューヨーク在住の女子中学生。イタリア生まれ。褐色《かっしょく》の髪に黒い瞳の美人。物理学と経済に強く、撮影すると成分を解析できるカメラなど天才的な発明をしている。代々続く事業を営む由緒ある家柄に生まれたが、実家が没落。辛《つら》い思いをした過去がある。

タマス……世界の富を集める悪の財閥の手先で、冷徹《れいてつ》な行いから「闇将軍」というあだなで呼ばれている。聖櫃《アーク》を手に入れると世界を支配できると知り、人造人間トカゲ男の軍隊を率い、キラとリクから石《ストーン》を奪おうとする。

とんび……キラの愛犬。ゴールデン・レトリーバー。キラが心を許せる唯一の友だち。

花梨《かりん》……37歳。キラのママ。キラの青い髪が原因で離婚。実家との断絶がありながらも、一生懸命息子を育てるシングルマザー。キラが辛い思いをしないか、つねに心配している。勤めていた不登校児を支援するフリースクールが経営難で倒産し、失業。給食費も払えない貧乏暮らしに。

ダディ……キラの父親。米国海軍勤務で横須賀《よこすか》基地に配属されていた。キラの髪が青いことを受け入れられず「バケモノ」と言ってしまう。花梨を愛しながらも離婚。現在は行方知れずになっている。

はじまり

いくつもの海をこえたところに『黒海《こっかい》』があるらしい。

『黒海』は、こんな色をしているのだろうか。

ママの花梨《かりん》に髪を染めてもらいながら、水色のタイルの上を流れる真っ黒な水を見て、キラは考えていた。

その海のことを知ったのは、この前の社会科の時間だった。

「ヨーロッパとアジアの間にあるのよ。湖みたいだけど、海峡で海とつながっているので海水です」先生はそう言った。

――その海は黒いのですか？

――黒い海の中にも、この葉山《はやま》の青い海と同じように、キレイな色のお魚や美味《おい》しいワカメや踏んづけると痛いウニが棲《す》んでいますか？

――黒い海を眺めて生きるってどんな気持ちなのでしょう？

キラにはたくさんの疑問が浮かんできたけれど、どうしても質問することができなかった。

手をあげることを考えただけで身が縮む。そんなことをするなんて自殺行為だ。

物心ついてから、できるだけ目立たないように、「普通」であること、それを史上最大のミッションにしてきた。

こうやってママに髪を黒く染めてもらうのも、そのためだ。一週間に一度のこの日を、キラは「黒い日」と呼んでいる。

「キラの髪と目の色は海からもらったのね」

そう言って、ママがキラの髪の毛にキスをしてくれたのは、はるか遠い昔のこと。

いつからだろう。キラの髪と目が、いや、正確に言えば髪の色がまるで「不吉な証《あかし》」のように、あってはいけないものになったのは――。

キラの髪と目は、真っ青だった。南国のクリアーな海の青に、熱い夏空の青さが反射したような鮮烈なブルー。美しい色だった。それが髪の毛でなければ。

キラが生まれたとき、その目を、やはり青い目を持つ白人のダディからもらったことがわかって、ママもダディも喜んだ。

だけどしばらくたって、キラの頭に青い毛が生えてきたとき、みんなショックを受けた。

「そのうち、あなたと同じブロンドになるわ」

そうダディに言っていたママも、キラがよちよち歩きをするようになっても変わるどころか、ますます青くなっていくのを見て、ついに病院に連れていくことにした。

ダディは米国海軍に勤める軍人だったから、キラは彼のいる横須賀《よこすか》基地内の病院で徹底的な検査を受けた。

無機質な検査用の機械を見たときの恐怖や、自分の腕よりも太い注射器や、看護師に自分を引き渡すときのママの不安なまなざし。そんな断片に、自分の泣き叫ぶ声がオーバーラップする、それがキラの人生の最初の記憶なのだった。

検査の結果、異常はなく、青い髪の原因はわからなかった。


五歳のとき──。

その頃はまだ、海の向こうに富士山《ふじさん》が見える高台の洋館に暮らしていた。神奈川県の三浦郡《みうらぐん》葉山町は、横須賀基地まで車で30分もあれば通えるので、海軍のアメリカ人が多く住んでいる。

キラの住む洋館には庭があって、ママはガーデニングを趣味にしていた。白い木製フェンスで囲まれた庭には四季折々、色とりどりの花が咲き、ハーブや樹木がかぐわしい香りを放っていた。

陽当たりのよいリビングには、お昼寝にぴったりの気持ちのよいソファに柔らかなクッション。BGMにはハワイアンミュージック。

ダディの弾くウクレレにあわせて、恥ずかしがり屋のママがワインの酔いに勇気をもらい、フラダンスのステップを踏むこともあった。ママのスカートの裾《すそ》がゆらりと揺れて、それに誘われるように、キラも真似《まね》て踊ったものだ。

キラのきゃっ、きゃっと弾む声が窓の外に響いて空高く昇っていった。

何もかもが穏やかな、まるで南欧のようなゆったりとした空気に満ちていた。

その頃のママは、ふんわりとした白い麻のドレスを着ていた。

ダディの海軍の制服も抜群にカッコよかった。キラは、幼稚園のみんなに見せびらかしたくて迎えに来て欲しかったが、一度も来ることはなかった。

――なぜ？

初めて僕を見た人は、ハッと驚いて二度見をする。

――なぜ？

幼稚園の友だちは、お遊戯《ゆうぎ》で僕と手をつないだ後、必ず石鹼《せっけん》でごしごし洗う。

――なぜ？

ダディの両親であり、キラにとっては祖父母であるふたりがアメリカからやって来たとき、キラを見た途端《とたん》、絶句し、抱っこを拒んだ。ふたりは、あれ以来二度と葉山にはやって来ない。それどころか毎年贈ってくれていたクリスマスプレゼントもなくなった。

東京で暮らすママの両親である祖父母とは物心ついてから会ったことがない。

――なぜ？

途方もない数の「なぜ」が、キラの心を占めていた。それがぜんぶ、答えをもってやって来たのだ。

あの嵐の夜に――。

あの六月の夜。海からの風で、庭の金木犀《きんもくせい》の枝がキラの眠る部屋の窓を激しく叩いた。

キラが寝ぼけ眼《まなこ》で窓外を見ると、暗闇に白い雪が舞っていた。不思議なことにその雪は、地面から空に舞い上がっている。

「わお！」

ママに知らせなくちゃ！　きれいな雪を見せてあげたい！　キラは急いで階段を駆《か》け下りた。白い大理石の床はひんやりとして素足に気持ちがよかった。

「ママ、雪が降ってるよ！」

リビングに飛び込もうとしたとき、ママの悲鳴のような叫び声が聞こえた。

「なんてこと言うの⁉　あなた、今、なんて言ったの⁉」

「バケモノだと言ったんだ」

「あなた……何を言ってるの……」ママの声は震えていた。

ダディが言った。

「青い髪の子どもなんて見たことも聞いたこともない。バケモノだ」

――バケモノ。

突然、踏みしめていた床がなくなった気がした。底のない穴に落ちていく感覚。

キラは静かに部屋に引き返すと、凍るように冷たい床にしゃがみこんだ。悪寒《おかん》で体がぶるぶる震える。

ベッドに置かれている、それまでは友だちだったウサギやクマのぬいぐるみが冷たい目でキラを見ていた。

――僕がうとまれる理由。

「バケモノ」だから……。

青い髪の「バケモノ」――。

まるで鋭い刃物で切り裂《さ》かれた心から、真っ赤な血がとめどなく噴《ふ》き出しているようだった。しかし痛みを感じることはない。一突きで死んでしまった心は、ただ〝しん〃としていた。まるでいっさいの光が届かない深海のように。

胸の下から突き上げるような慟哭《どうこく》が湧《わ》き上がってきて泣きたいのに、涙は一滴も出なかった。

翌朝、庭のクチナシの花がすべて散っていた。

雪のように見えたのは、ママが丹精をこめて育てていたクチナシの花びらだった。

同じ朝、ダディが潜水艦に乗って遠い海に派遣された。

アメリカとイラクという国との戦争が長引いているから、そのための派兵かもしれないとママは言った。

だけど。

ダディは帰って来なかった――。

珍しく白い制服を着た後ろ姿。それがキラがダディを見た最後だった。

しばらくたってアメリカの弁護士から連絡があり、ダディがリコンしたいと言っていると知らされた。その電話を切ったとき、ママは大きく息を吐《つ》いて、心配そうに見つめるキラに向かってけらけら笑った。そんなけたたましい笑い声を聞いたのは初めてだった。ママはそれまで、ハープの音色のようなうっとりする柔らかな声で笑っていたから。聞き慣れない笑い声はあまりに乾いていて、キラの胸を刺した。

――ママ、泣かないで。

ママは笑っていたのに、なぜ、そう思ったのか今になってもわからない。

ただ、そのとき、キラは知った。

人は哀《かな》しいときほど笑ってみせる。

泣きたいときほど大騒ぎをする。

——僕のせいでダディはいなくなった。リコンになった。

僕のせいで。青い髪のせいで。

僕がバケモノだから、ダディはこのファミリーがイヤになった。

僕がいけないから。僕が生まれてさえこなければ……。

自分の青い髪が「不幸を呼ぶ」のだと気付いたその日から、キラの小さな身体《からだ》は、縮こまった。年齢のわりに身長が伸びなかったが、それまで以上に低く見えた。


キラが初めて髪を黒く染めたのは、小学校に入学する前日だ。

その頃はもう、高台の洋館から小さな借家に越していた。

国道134号線沿いの赤いポストの脇の小道を入ったところにある小屋のような家。

そのあたりは高級住宅街で、それぞれの家がその建築様式で、ライフスタイルを強くアピールしている。そんなおしゃれな戸建ての中に、キラと花梨の家はひっそりと建っていた。

庭を自由に使っていいのよ、と隣に住む大家のおばあさんは言ったけれど、ママが花を育てることはなかった。そんな時間もお金もなかったのだ。ふんわりとした白いドレスを着ることもない。

ママはリコンしてから、不登校児を支援するフリースクールで給食をつくる仕事をしていた。

ママの実家の祖父母と会ったことがない理由を知ったのもこの頃だ。花梨の父は江戸時代から続く古典芸能の家元で、娘の幸せよりも世間の評判を気にしていて、キラの髪が青いことを理由にキラを実家に連れて来ることを禁じていた。娘の離婚の原因を知ってキラを里子にだすことを勧めたが、花梨は自分の手で育てると言って譲《ゆず》らなかった。その結果、親子の縁を切られたのだ。

キラは、そういうことを、祖父に内緒でこっそり電話をかけてくる祖母とママの会話から知った。ママが実家の援助を受けられず、逢《あ》うことも許されないのは、全部、自分が原因だった。

仕事帰りに御用邸の前のドラッグストアに立ち寄ったと言って、ママがヘアカラーを買ってきた。箱の表で、髪の毛が真っ黒な女の人が笑っている。

「キラ、変身ごっこよ」

ママはそう言って、風呂場でキラの髪を染めた。

添付されていたビニールの手袋を使わなかったから、ママの指も爪も真っ黒になった。高台の洋館で暮らしていた頃は、ママの指先はピンクやベージュのネイルで彩られていたのに。

キラは風呂から出て鏡を見たとき、この子は誰だろうと思った。

そこには見知らぬ小さなやせっぽちの男の子がいた。

まじまじと見る鏡の中で、ママと目があった。

ママは、ふいに視線をそらして言った。

「髪が黒いのに、目がそれじゃあ変ね」

そして小さな包みを取り出した。白いケースを開けると猫の目が入っていた。黒いコンタクトレンズだった。それをつけると青い目が黒くなった。

黒い髪に、黒い目。

こうして、キラは「普通」になった。

気がつけば家の中から、ダディの制服や、趣味だったヨット用のパーカーや、大きな登山靴、それらが一様になくなっていた。ダディの痕跡《こんせき》が消えたのだ。

同じようにキラの身体からもダディの証は失われた。

残されたものは、ふたつだけ。

ママの左手の薬指に光るプルメリアの花の指輪と、ダディの愛犬ゴールデン・レトリーバーの「とんび」。

指輪は、ふたりだけの結婚式をあげたハワイのマウイ島でダディがママにプレゼントしたハワイアンジュエリーだ。プルメリアの花を象《かたど》った真ん中に、アンティークの稀有《けう》なブルーダイヤが配置されている。

そして犬のとんび。

とんびは長い耳を垂らしている姿が愛らしく、性格も穏やかな家族の一員。

キラは不思議だった。

──ダディが僕を嫌うのはわかるけれど、どうしてとんびまで置いていったの？

あんなにかわいがっていたのに。

いや、何よりも、ママを置いていったこと。何度考えても頭がグルグルする。

ママにとって、ダディがこの世でいちばん大切な人だったのに。ダディだってママを笑わせることが史上最大の課題のようだったのに。なんであんなに簡単に置いていくことができたのか。犬を捨てるように、ダディは僕たちを棄《す》てた。

それほどまでにダディは──。

そこまで考えてキラは頭を抱えた。

結局、何度考えても答えはそこにいきつく。

──僕が「バケモノ」だから。

ママは僕を産んでしまった罪人だから罰を受けた――。

あれから五年と三か月、数えきれないくらい、髪を染めた。

数えきれないほど、嘘《うそ》をついたことになる。

今夜も週に一度の「黒い日」。

キラは、風呂場の床を流れる水を見て思った。

――僕みたいだ……。

どす黒く汚い。

あくる日の早朝、とんびを散歩させるために海岸《ビーチ》まで走っていくと、青空に白く細い月がうっすらと漂っていた。

散歩を終えて家に帰るキラの足は重かった。

登校することを考えると気持ちが沈んだ。今日も悪ガキたちが、何が楽しいのかと思うような〝コト〟をしかけてくるに違いない。あれほど目立たないで「普通」になれるよう何年もがんばってきたのに、すべてだいなしになってしまった――。キラは唇を噛《か》んだ。

髪を染めたあの日から、集団にとけこむことだけを考えて行動してきた。

算数は苦手だけれどがんばって勉強した。ビリは目立つから。国語のテストは楽勝だったのに、わざと三か所間違えた。優秀さは人目をひいてしまう。

なにごとも「人と同じくらい」がちょうどいい。

そんなキラの信念を一層強くするできごとが起きたのは図工の時間だった。校外学習で海や山へ絵を描《か》きに行ったときのことだ。

海では、子どもたちは青い海、青い空を描いた。海の向こうにグレーがかった富士山。

しかし、キラにとっては、海は色とりどりの表情をして話しかけてくるものだった。山も同じだ。小学校の裏山には、イキイキした樹《き》や植物が生い繁っている。キラ以外の子どもたちは、木々を茶色や緑で描いたが、キラには木々が発する光が黄色や白や、ときには紫や黄金色に見えた。

その見えるがままを絵にしたとき、先生はその色使いに驚嘆《きょうたん》した。

「まるで森が歌ってるみたい！」

先生の感動の声を聞いて生徒たちが寄ってきた。たくさんの子どもたちの視線がキラに集中した。その目は言っていた。

「こんな奴《やつ》いたっけ？」

それまでキラは存在のない影のようなものだった。誰からも見向きもされない。身をひそめるように生きてきたのだ。影が姿をあらわしてはいけない。

子どもたちが一斉に言った。

「この子の絵、変！」

「山はこんな色じゃないし！」

――やっぱり。

キラは思った。目立つことは、攻撃をうけることだ。集団の中にひっそりと、誰にも気づかれないように息をひそめておくのが安全だ。

それ以来、キラは見えるがままに絵を描くことをやめた。人の真似っこをした。そうして驚いたのは、多くの子どもたちが、いや、ほとんどが同じような絵を描くことだった。海は青、山は緑、太陽は黄色。季節や時間によって、まるで衣装を着替えるように色を変えるそれらが、ほかの子どもたちには見えていないようだった。

キラは、目の前に輝く海も山も太陽も見ずに、それらを描いた。ほかの子どもたちの絵をそっくり写した。大好きだった図工の時間は、感性を閉ざして過ごす拷問《ごうもん》の時間になった。

そんな地中に深く潜るモグラのように、自分を押し殺して、小学校6年までうまくやって来たはずだった。あと少しで卒業、というところだったのに、それまでの苦労が吹っ飛ぶような事件が起きたのは、ひと月ほど前。

キラが通う小学校では、毎年六月、全校をあげて球技大会が行われる。
5、6年生はソフトボールと決まっていて、クラス対抗で優勝を競う。キラは運動神経がまったくなかったのでずる休みをしたかったが、全員が参加しないクラスは優勝できないというルールがあってできなかった。それも今年で最後だと思うと大きな荷を下ろすような気持ちだったのだが、担任の先生が熱血漢で、優勝したら夏休みにバーベキューをご馳走《ちそう》すると言ったものだから、クラスメイトたちの意気込みは凄《すご》かった。
毎日放課後に特訓が行われた。クラスメイトの選手兼監督、リクが中心になって猛《もう》練習だ。

リクは日に焼けた肌に、すっきりと整った目鼻立ちをしているスポーツ少年。すらりと伸びた四肢《しし》と、小学校でいちばん高い身長で大人びた雰囲気を漂わせている。女子たちが「イケメントーナメント」でナンバーワンの称号を与えたのも頷《うなず》けるほど美しい外見。成績も学年トップ。その上、リトルリーグのチームでエースピッチャー、4番を担っている。そのチームが全国大会の決勝まで残っていて、優勝すればアメリカの世界大会に行けるというので、彼は学校の、いや、地域のヒーローだった。

そんなスポーツセンスの優れているリクが、バッティングと守備練習を指導したのだ。クラスメイトたちはめきめきと上達した。しかしキラだけは、何度打ちやすい球を投げてもらっても、ボールがバットにかすることはなかった。守備も同じで、ゴロは股間《こかん》をころころと抜けていった。それでもリクの丁寧なコーチのおかげで、なんとかフライだけはキャッチできるようになった。

そして迎えた球技大会。猛練習の甲斐《かい》あって、キラの6年1組は順当に勝ち進み、前評判で優勝を予想されていた4組との決勝戦に臨《のぞ》むことになった。

人生の分かれ道は突然やって来るものらしい。

そのことが起きたのは最終回の7回裏だった。

2対0と4組を引き離して2アウトになったところで、リクがベンチに座っているキラに向かって歩いてきた。

「ライトを守ってくれ」選手交代を告げた。

2アウトといっても一塁と二塁にランナーがいる緊迫した場面だ。いつ出番が回ってくるかと緊張でいっぱいになっていたキラは、とうとうやって来た出場に青ざめた。恐怖でブルブル震える手でグローブをはめるのもやっと。

そんなキラを見てリクが言った。

「勝負の神様はオレらの味方だ、安心しろ」

キラはリクの顔をマジマジと見た。ドラマに出てきそうなベタなセリフが、彼が言うと爽やかに説得力を持って聞こえる。

そのとき4組の監督もまた選手を交代した。4組の中で最もぽっちゃりとした女子がピンチヒッターとして指名された。キラの出場を見て全員参加のルールを思い出した4組の監督が慌てて出場させたのだ。

いかにも運動神経の鈍そうな女子の出場に、1組の応援団は優勝間違いなしと一気に盛り上がった。

「あとひとり。あとひとり」キラのクラスメイトたちから興奮した声があがる。

女子はストライクの球を二度も見逃して、あと一個ストライクを取ったら勝利だった。

「あとひとり、バーベキュー。あとひとり、バーベキュー」1組の声援がひときわ大きくなっていく。

〝最後〟の球をピッチャーが投げた。

女子が目をつむってバットを大きく振りまわした。

カキーン。

音は気前よかったが、ボールは高く上がってキラの真上に飛んできた。

これなら捕《と》れる！

ボールがグローブの中に入る瞬間、キラはジャンプした。

その反動で、ボールが大きく跳《は》ねた。驚くほど勢いがついたボールは、運動場のフェンスぎわまで転がっていく。

1組から悲鳴とどよめきが起こった。

「バレーボールじゃねえっつの！」誰かが叫んだ。

一瞬ボールの行方を見失ったキラは慌てて追いかけたが、足がもつれてうまく走れない。その間にふたりのランナーがホームイン。打った女子もドタドタと二塁をまわった。ようやくボールに追いついたキラが三塁に投げたが、投げた本人も驚くほど別方向に飛んでしまった。女子は三塁からホームを目指した。4組の応援席が沸きに沸いている。必死でボールをつかまえた二塁手が、懸命にホームに投げた。しかし女子がホームベースを踏むのが一瞬早かった。1組は一気に三点を取られ逆転負けした。

1組の応援席から失望のため息がもれ、冷たい視線がキラに突き刺さった。

キラがミスしなければ凡打に終わったはずが、ホームランになった。

その瞬間から、キラは影のように生きることができなくなった。

クラスメイト全員の頭に、キラの滑稽《こっけい》で不名誉な瞬間が、怒りや悔しさと共に記憶されてしまったのだ。

翌朝、キラの靴箱から上履きが消えていた。

体育の授業が終わって教室に戻ると、机の中の教科書にたくさんの落書き。

「くそ」「バカ」「ドジ」「キモイ」……キラが最もショックを受けたのは、ランドセルに油性ペンで書かれたいたずらだった。

そのランドセルは綺麗《きれい》なペパーミント色で、その色を気に入ったキラのために、ママが無理して買ってくれたものだ。

そんなたいせつな物を汚されたこともキラを傷つけたが、それ以上に心を打ち砕いたのは書かれていた文字だった。

『バケモノ』

ランドセルの背中の部分に黒の文字。

——やっぱり……みんな……知ってたんだ……？

僕が「バケモノ」だって……。どれほど髪を黒く染めても『普通』だと認めてはもらえない——。

キラの心が悲鳴をあげて涙がこぼれそうになった。

必死でこらえて、硬直した口元の口角を無理やりもち上げる。

泣きたいときほど笑ってみせる。そんな、この世の作法はママから学んだ。

遠くで見ていた少年たちには、キラがニヤリと不敵な笑いを浮かべたように見えただろう。薄気味悪そうに立ち去る集団の中にリクがいた。リクはキラと視線があうと、プイと目をそらし背を向けた。

——怒ってる。

キラは、ほかの子どもたちに意地悪をされることには諦《あきら》めもついたが、リクに嫌われたことは辛《つら》かった。リクがどれほど優勝のためにがんばってみんなを率いたか知っていたし、キラ自身、リクに対して尊敬にも似た憧れを抱いていたからだ。

キラは、今すぐに海岸《ビーチ》に走っていきたい衝動を必死で抑えた。

海ととんびだけが心を許せる相手だった。

寂しいとき、哀しいとき。

キラは海岸《ビーチ》にとんびと行き、まるで海と話すように絵を描いた。そのふたつの存在だけが、どんなキラも受け止めてくれた。波の音に包まれているときだけ、ひとりぼっちを忘れることができた。

キラは淡々と体操着を着替えた。それが目立たない方法だ。「普通」になれる。

今日さえやりすごせば、きっとまた空気のような存在に戻れる。

しかし、そんなキラの期待はあっさり裏切られた。

翌日も、そしてその翌日も、小さな、けれどキラの心を十分痛めつける破壊力を持ったイジメが続いている。

早朝の海岸《ビーチ》の散歩から、憂鬱《ゆううつ》な気持ちのまま、とんびを帰しに家に戻った。

落書きが見えないように隠してあったランドセルを背負って出かけようとすると、すでに外出していたママが自転車をこいで帰ってきた。

「はいこれ、給食費」

「え、ママ、お給料出たの？」

キラは意外に思いながら給食費の袋を受け取った。

花梨の勤めるフリースクールが経営の危機で、ここ数か月給料が出なくなっていた。それでも花梨は、子どもたちがかわいそうだからと給食づくりに通っていた。しかし、とうとうわずかな貯《たくわ》えも尽きて、ほかに働き口を探し始めたばかりだった。

先日給食費の袋を持って帰ったとき、花梨が眉間《みけん》にしわを寄せて厳しい顔を一瞬したのをキラは見逃さなかった。給食費を支払うお金がわが家にはなかったのだ。

「キラは心配しなくていいの」

ママは口角をクイッと上げて笑ってみせた。

キラは気づいた。花梨の薬指からプルメリアの花の指輪が消えていることに。

ママは指輪を手放し給食費を工面《くめん》したに違いない。

おなかからグッと強い感情がこみ上げてくる。その感情を歯をくいしばってのみ込む。口角を上げてつくり笑いをしようとしたけどダメだった。

給食袋をランドセルに押し込むと逃げるように家を出た。

——あんなたいせつな指輪をママは売ってしまった！

あれはダディの想いがつまったものなのに！

ダディが迎えに来るのを待ってることを、僕が知らないと思ってるの!?

涙がポロポロこぼれてきた。

——もしも、この世に、青い髪の僕が生まれてこなかったら。

今もママは、ダディと笑っていたのに。

嘘つきの笑顔じゃなくて。

あのハープの音色みたいな声で笑っていたはずなのに。

爆発した感情のままに、こんもりと木々が繁る山のふもとの、長く高い塀に囲まれた屋敷が並ぶ狭い裏道をどんどん歩いていった。

そのとき、一軒の屋敷の裏玄関が開いて、中から家政婦さんらしい女性に送られたリクが出てきた。

そういえば、リクは、二階の窓から海を見渡せる海岸《ビーチ》に近い場所に住んでいると聞いたことがある。海に近いのに山を背にするこのあたりは、別荘地として有名な葉山の中でも一等地だ。

リクに見られたくない思いで、キラは咄嗟《とっさ》に山に登る階段の陰に隠れた。

そこに山から一組のカップルが下りてきた。メガネをかけ無造作なひっつめ髪の四十過ぎの女と、ピシッとアイロンのかかった白いボタンダウンのシャツを着た三十過ぎの男。

　キラが陰から覗《のぞ》いていると、ふたりは階段の脇で立ち止まった。女が確信に満ちた声で言った。

「こっちの山じゃない。教会から上がっていったほうよ。絶対に葉山の森に隠されてる」

　疑いのまなざしで男が返した。

「信じられないな、失われた聖櫃《アーク》がこの山にあるなんて……今まで世界中のどれだけの人が探したと思ってるんです。あのヒトラーだって全力を尽くしたそうじゃないですか。だが見つけることはできなかった。それがこんな場所にあるなんて」

「わたしも驚いたの。でも情報を分析したらそうとしか思えないのよ。聖櫃《アーク》を見つけたらなんでも願いがかなう。凄《すご》いことよ！」

「金森《かなもり》教授はそんな伝説を信じてるんですか」

　バカにしたように鼻であしらう男にかまわず、金森教授と呼ばれた女は聖櫃《アーク》についてまくしたてた。その女の顔を見て、キラはハッとした。どこかで見たことがあると思ったら、金森というその女は葉山在住の宗教史を研究している大学教授で、キラの通う小学校の特別授業の講師をつとめたことがあった。

確か、そのときに『失われた聖櫃《アーク》』は、古代イスラエル王の『ソロモンの秘宝』であり、その中には剣と鏡と玉が納められていると言っていた。その剣を手にした者は勇者になって願いがかなえられるという伝説があり、世界中でそのロマンを信じる人たちが探索しているが、いまだ見つかっていない——ということだった。

キラは、その授業で教えてもらったソロモン王の「陽気な心は、薬のように人のためになる」という言葉が印象に残っていた。そんな素敵な言葉を紡《つむ》ぐ王の残した宝はどんなものだろうと興味を抱いた。

『失われた聖櫃《アーク》』は伝説で、まさか現実にはない夢物語だと思っていたのに、目の前で金森教授が、その聖櫃《アーク》がこの葉山の森に隠されていると力説している。

キラは山に行きたくなった。もしも聖櫃《アーク》を見つけることができたら、なんでも願いがかなうのだ。

——ママにプルメリアの指輪を取り戻すことができる！

そう思うとワクワクしてきた。ふと地毛を黒くするという考えが頭をよぎったが、キラにとってそれは、望みを抱くこともできないほど絶望的なことだった。

キラは駆け足で家に戻ると、とんびを連れて山へ向かった。

金森教授が言った教会までは国道を歩いていくしかない。国道に面して小学校があるので、前を通るときに先生に呼び止められるのではとヒヤヒヤしたけれど、誰にも声をかけられることなく急な坂の上の教会に到着した。

教会の脇に登山口があり、そこから山に登っていった。前に校外学習で来たことがあったが、集団のときとは雰囲気がまるで違って、不思議なほどの静寂に包まれている。山のふもとの民家や中学校がすぐそこに見えるというのに、寂しさと不安が押し寄せてきた。

「こんなところに聖櫃《アーク》なんてあるわけないじゃんね」

キラは滑稽なほどの大きな声でとんびに話しかけ、静寂を破ろうとした。

そのとき、とんびが吠《ほ》え始めた。

「とんび、どうしたの!?」

とんびは山の奥に向かって吠えながら猛スピードで駆けて行く。

「とんび！　Ｗａｉｔ！」

どうしたものか。いつもは聞きわけのよいとんびが止まらない。

慌てて後を追った。背中のランドセルの中で、教科書や筆箱がガチャガチャ鳴った。

汗だくになって、海が見渡せる大きく視界が開けた場所に出た。

息を切らしながら顔を上げると、赤いＴシャツを着たリクが立っていた。背中にはリュックを背負い、手には野球のバットケースを携えている。

「あ……！」

驚くキラに、リクが唐突に尋《たず》ねた。

「聖櫃《アーク》探しに来たのか？」

「え、や、違います」

「違うの？」

「え、うん――」

リクはキラに言うともなく呟《つぶや》いた。

「もう葉山の山中探したんだ。でもヒミツの森なんて見つからない」

「え、きみも探してるの？」

「きみもって、やっぱ、そっちも探してんじゃん」

「あ、いや」

キラがどう否定したらいいのかわからず口をモゴモゴさせていると、再びとんびが激しく吠え始めた。

とんびが吠える先を見ると、そこには白い像が立っている。

「こんな山の中に？」

不審な思いでよく見ると、それは高さ50センチほどのカエルの石像だった。

「カエル？」マジマジと見つめた瞬間だった。

カエルの石像の口がグニャリと大きく開いた。

キラはあまりに驚いて尻餅《しりもち》をついた。

「あわわわ！」

「どうしたんだ？」不思議そうにリクが尋ねる。

「ほら、あれ！　あれ見て！」

「カエル？　カエルがどうかしたのか？」

どうやらリクにはカエルが見えないらしい。

「お、お、大きな口あけてる！」

それを聞いたリクの瞳がキラリと光った。

「ヒミツの森の入り口はカエルだって聞いたことがある！　どこに口あけてんだ⁉　連れてけよ！」と勢いこんで言った。

「え……」キラは嫌々をして後ずさった。

大きく開いた口を威嚇《いかく》するように石像に近づいたとんびが、いきなりカエルの口にのみ込まれそうになった。

キラは「とんび！」と叫んで、かろうじて尻尾《しっぽ》をつかんだ。渾身《こんしん》の力をこめてとんびを引っぱって止めようとしたときだった。背中をぐいっとリクに押された。

「ぎゃーっ！」

悲鳴をあげて、リクととんびと共に闇の中を墜《お》ちていった。

気がつくと、さっきまでいた山とはまるで様子が違う森の中だ。見たこともない奇妙な形の葉っぱをつけた樹木がうっそうと繁る間を、一見鳥かと見間違うほど大きな羽の紫色の蝶《ちょう》が数羽飛んでいる。

とんびが魅せられたように尻尾を振って蝶を追いかけ始めた。

バットケースを手に立ち上がったリクにキラは食ってかかった。

「な、なんで押したりなんか！」

「わりい、手がすべった」

リクがあっさりと謝るのに、よけいに腹がたってさらに責めようとしたそのときだった。

「おいでなはれ」

声がしたほうを見ると、なんと、さっきの石像にそっくりのカエルがいる。しかも、そのカエルは赤いちゃんちゃんこを着て二本足で立っている。その上、口をきいたのだ！

見たこともないカエルの生き物が話すのに、キラとリクは言葉を失うほど驚いた。

なぜかとんびは、なつくようにカエルの足元にひれ伏している。

「おまはんら、聖櫃《アーク》を探しに来たんだろ？　ようきたなぁ。こんなかいらし（可愛い）わかいし（若者）が来るなんて、まだまだ日本も捨てたもんちゃうのぉ」

カエルが、キラの聞き慣れない言葉で話しかけてきた。

見慣れてくると、そのカエルは、どこか映画『スター・ウォーズ』の「ヨーダ」に似ている。

リクがハーッと緊張を解くような溜息《ためいき》を一気にはいたかと思うと、「カエルさん」と呼びかけた。途端にカエルが叫んだ。

「ちゃうちゃう、カエルちゃう。カエルって言うたら帰る！　なんつって」

カエルがふたりの笑いを期待するような目で見つめてきた。

どう反応したらよいのか戸惑うキラの隣で、リクが遠慮なく言った。

「さぶっ。つーか、あんた誰？」

いとも簡単にオヤジギャグをスルーされてカエルは不本意だったようだが、威厳《いげん》を保つように姿勢を整えると自己紹介を始める。

「ワシは老師《ラオシー》、この森の案内人じゃ。二千年の昔から、ワシはここで聖櫃《アーク》を探しに来る者たちの案内を任されておる」

「やっぱりこの森に願いをかなえる剣が隠されてるんだね？」

勢いこんで尋ねるリクと、緊張いっぱいでどうにかなりそうな面持ちのキラを睨《にら》んで老師《ラオシー》が言った。

「願いをかなえる?」

「そうなんだろ?　その剣を手に入れたら勇者になって、なんでも願いがかなうって……」

老師《ラオシー》の眼光がするどく光った。つまらないオヤジギャグを飛ばしたカエルとは別人のような厳《おごそ》かな声で言い放った。

「剣は、幅1メートル20センチ、奥行き・高さ60センチほどの四角い神輿《みこし》の形をしている聖櫃《アーク》の中に、鏡と玉とともに納められておる。しかし、剣は願いがかなうどころの代物じゃない」

「そ、それはどういう意味?」

思わずキラも口をはさんだ。老師《ラオシー》の声音があまりに緊迫していたからだ。

「聖櫃《アーク》の中の剣、鏡、玉はそれぞれ特別な力を持っておる。ことに剣を手にした者は世界を支配する力を持つと言われている」

「世界を支配……?」

「ほうじゃ。ほなけん今までローマ法王からヒトラーまで世界中の権力者が血眼《ちまなこ》になって探してきたんじょ。ほなけんど誰もたどりつけんかった」

「どうして?」キラの訊《き》きたかった問いをリクが投げかけた。

「聖櫃《アーク》はあのクイチピチュ（虹の峰）と呼ばれる山の奥に眠っておる」

と西にそびえたつ切り立った三角形の山を指さした。

「その聖櫃《アーク》の蓋《ふた》を開けることができるのは勇者だけじゃ」

「勇者？」キラが尋ねた。

「七つの石《ストーン》を集めた者じょ。あの山に向かっていく者は七度試される。そして成功した者だけにひとつずつ石《ストーン》が与えられる。しかし、これまで、ある者は精神に異常をきたし、ある者は命を失い、ある者は獰猛《どうもう》な動物に姿を変えられた。ほんでも、おまはんら、行くん？」

キラは震えあがった。

——とんでもない所に来てしまった。僕には全く関係のない世界だ。逃げ出そう。

キラがそう思ったとき、リクが迷いのない声で言った。

「行きます！」

「……わかった。ほなら、ワシが力を貸そう」

「ありがとう。老師《ラオシー》」

突然旧知の仲のようになっているリクと老師《ラオシー》に向かって、キラはおずおずと話しかけた。

「あの、僕は帰ります。どうやって戻ったらいいんですか？」

振り向いた老師《ラオシー》が言った。

「おじくそ」

「おじ……くそ？　おじさんの、くそ？」

わけがわからないキラを老師《ラオシー》が一喝《いっかつ》した。

「〝弱虫〟って意味じょ」

――おじさんのくそが弱虫？　何を言ってるんだ、このカエルさんは……。

老師《ラオシー》が続けた。

「徳島弁でほう言うんじゃ」

――なんで徳島弁？

キラの心の声を読んだように老師《ラオシー》が答えた。

「徳島の剣山《つるぎさん》に聖櫃《アーク》が隠されてるって噂《うわさ》があってな。ようけ、徳島の入り口から人が来る。ほんで、おもっしょい（おもしろい）言葉やと思って真似してたら、ワシ、バイリンガルになってしもうた」

「そんなのバイリンガルって言うかよ。それになんで葉山と徳島なんだよ。世界中の人が探してるのに」

呆《あき》れたように言うリクは、恐ろしい冒険を始めようというのに余裕しゃくしゃくに見える。

「入り口は世界に一〇八か所あるんじょ。マチュピチュ、セドナ、マウントシャスタ、エジプト……パワースポットといわれるところにな。ほなけんど、この森の入り口は勇者になれる可能性のある者しか見えんのんじょ。キラ。おまはんには、それが見えた果報《かほう》がわからんのんか、情けない奴め」

そんなことはどうでもいいと、キラは必死で頭を下げた。

「お願いします。僕をもとの世界に帰してください！」

「ほれはできん」

「どうして⁉」

「この世界に一緒にやって来た者は、同時でないと出口が開かんのんじょ。つまり、おまはんは、このリクととんびはんと一緒に帰るしかない。のぉ、とんびはん」

わん、と、とんびが老師《ラオシー》に尻尾を振りながら応えた。

――くそ、とんびの奴、僕よりもこんなヨーダをマヌケにしたカエルになついちゃって……。

心で毒づきながら、キラはあたりがいつの間にか雨でも降りそうに薄暗くなっていることに気がついた。

恐怖が足元からあがってくる。泣きそうになりながらリクにすがった。

「ねぇ、帰ろうよ。晩御飯までに帰らなかったらお母さんたちが心配するよ」

老師《ラオシー》がこともなげに言った。

「安心せぇ。この森の時間は、あっちとは違うけん。時間の流れが速いんじゃ。こっちの三日が向こうの一日。三日以内に帰ったら、おかあちゃんの美味しい晩御飯には間に合うんじゃ」

そんなことを言われても、とキラが反論しようとした矢先、

「わかいしよ、傷つく覚悟の先で夢に招かれる」

老師《ラオシー》は、そう言い残して、目の前でふっと消えた。

「おまえはここで待ってれば。オレは絶対に聖櫃《アーク》を見つけて剣を手に入れる」

リクは宣言して森の奥に入っていった。

その背を見ながら呆然《ぼうぜん》と佇《たたず》むキラは、何をどうしたらいいのかパニック状態だ。ただひとり味方だと思っていたとんびまでがリクの後についていく。

懸命に涙をこらえて、キラはリクととんびを追った。ひとりになるのだけは勘弁だ。こんな薄暗く寂しく危険が待ち受ける森の中では。

「待って！」

キラの心細い声が不気味なほど静まり返った森にこだました。キラは自分の声に怯《おび》えて身震いした。

ここでは、「普通になりたい」といういつもの望みが、とても贅沢《ぜいたく》なものにさえ感じられるのだった。

第一の石《ストーン》「赤」

聖櫃《アーク》が隠されているという三角形の山、クイチピチュに向かって、リクは磁石を頼りに歩いている。

キラはその後を渋々ついていきながら尋《たず》ねた。

「きみはどうして、聖櫃《アーク》が欲しいの？」

「リク」

「え？」

「リクでいいよ。みんなに、そう呼ばれてる。そっちは？　名前なんだっけ？」

「キラ」

「変わった名前だな。どんな字書くの？」

「輝くって一字でキラって読むんだ」

「ふーん」リクは、マジマジとキラを見た。

キラは、名前の由来を人に話すときほどこの世から隠れてしまいたい気持ちになることはない。日本語が堪能《たんのう》だったダディが、自分の息子に輝いて生きるようにとの願いをこめて名づけたと聞いたことがある。

完全に名前負けしてるだろ、と自分でツッコミを入れたくなってしまう。

「どうして聖櫃《アーク》を探そうと思ったんだ？」リクが訊《き》いた。

「え……僕は聖櫃《アーク》を探そうなんて思ってない」

「嘘《うそ》つけ。〝金森《かなもり》教授〟の話を聞いたから来たんだろ」

キラはたじろいだ。リクに隠れていたのを見られていたのだ。

「僕は別に……」

しどろもどろになるキラにリクが追い打ちをかける。

「なんでも願いがかなうなんて知ったら、興味が湧《わ》いて当然だよな」

「リ、リク君は、願いなんて全部かなってるんじゃないの？」

生まれて初めて同級生を名前で呼ぶ居心地《いごこち》の悪さを感じながらキラは続けた。

「だって、欲しいもの、なんでも持ってるでしょ」

リクが聖櫃《アーク》を探しに来たと聞いたときから、キラは不思議でならなかった。

リクのお父さんは横須賀《よこすか》で大きな病院を経営していて、お母さんもそこで働く医師だと聞いたことがある。家は葉山《はやま》の中でも一等地の広大な屋敷だ。お金持ち。そしてスポーツ万能の秀才。超イケテル外見。これ以上何を求めるというのだ。

「聖櫃《アーク》を手に入れたら何をお願いするの？」

心から不思議そうな顔で尋ねるキラに、リクはよけいなお世話だというふうに背を向けた。

「別にいいだろ。おまえには関係ない」

キラは拒絶《きょぜつ》された気がして寂しい息をふっと吐《つ》いたが、それはもう慣れっこの感覚だった。

歩み去るリクの背中を見て、キラは「あ！」と声をあげた。

リクのまわりに赤い霧のようなものが漂っていた。リクだけではない、とんびや、樹《き》や草のまわりにも、それぞれ違った色の霧が取り囲んでいる。

「あれってなんだろ？」

指さし尋ねるキラをリクが怪訝《けげん》な顔で見た。どうやらリクにはその霧が見えないようだ。

「エネルギー。気の流れ……」キラは頭に浮かんだ言葉を呟《つぶや》いた。

「なんだって？」

リクが振り返って尋ねた。

「ううん、なんでもない――」

キラは答えながら不思議だった。「エネルギー」も「気の流れ」もキラが今まで使ったことも、聞いたことさえないなじみのない言葉だった。

それが頭に浮かんだのだ。自分が考えたことだとは思えなかった。

クイチピチュははるか西のほうだ。どう考えても歩いて三日はかかる。老師《ラオシー》はこの森の三日はもとの世界の一日だと言っていた。三日で帰れたらいいけれど、もしも戻れなかったらママは心配するだろう。そのことを考えると、キラは今すぐにでも冒険を切り上げたかった。リクに聖櫃《アーク》を欲しがる理由を訊いたのは、なんとか冒険をやめさせられないかと思ったからでもあった。

しかしリクはいっさいの迷いも見せず、わき目もふらず歩みを進めていく。

とんびもリクになついて歩調をあわせている。そうかと思うと、はるか後方をとぼとぼと歩くキラを気にして振り返り、しばらく待っていたりする。とんびがキラとリクの橋渡し役のようだ。

森が深くなり、あたりが昼間とは思えないほど暗い場所にさしかかったときだった。

ザザッと木の枝がかき分けられる音がした。キラとリクはハッと、その方向に目をこらした。何かがこっちにやって来るのが、木立の揺れでわかる。キラとリクは息をつめて木陰に身をひそめた。

すると木立の間からあらわれたのは、二頭の親子鹿だった。栗色の背中に白い斑模《まだらも》様《よう》があるのは普通だが、両耳が異様に大きかった。そして、目が薄いピンク色をしている。

母親鹿がふたりに気付いたようにこちらを見た。キラは息をのんだ。まるで心を覗《のぞ》き込むように無邪気なまなざしが迫ってくる。一瞬時間が止まったようだった。しかし、母親鹿は何事もなかったかのように視線をはずすと子鹿を連れて立ち去った。

ふたりはほっと安心して肩の力を抜いた。すると突然、鹿が立ち去ったのとは別の方向から、二匹の奇妙な生き物があらわれた。ふたりは再び緊張に身がまえた。その生き物は人間の姿かたちをしているが、その様相は人間というよりもトカゲだ。赤い目に緑の鱗《うろこ》に包まれた全身。鋭い指の爪が三本。歯もまるで牙《きば》のようだ。

二匹のトカゲ男は、いきなりふたりに襲いかかってきた。

慌てて逃げようとしたが、恐怖で足がすくんだキラは動くことができない。

一匹がリクに鋭い爪で襲いかかった。リクは果敢《かかん》にトカゲ男の顔面にパンチをくらわせた。トカゲ男は口から薄気味悪い緑の液体をはいて吹っ飛んだ。もう一匹が容赦《ようしゃ》なくキラに牙をむいた。キラは動くこともできず、怖くて目をぎゅっと閉じた。そのとき、とんびが激しい勢いでトカゲ男の足に噛《か》みついた。

「ウオーッ！」

苦しみの絶叫をあげて、トカゲ男がとんびを引き離そうともがく間に、リクがキラの手を取った。

「逃げるぞ！」

キラは、リクに手をとられて初めて足が動いた。「とんび！」必死でとんびを呼ぶと全速力で駆《か》け、ふたりはとんびを連れて深い叢《くさむら》に駆け込んだ。

身をひそめながら覗くと、向こうからトカゲ男たちがふたりを探してやって来る。

「あ、あ、あいつら何者なんだろ」怯《おび》えたキラの声はいつも以上に震えてしまう。

「オレらの味方じゃないことだけは確かだ。まずいな……このままだとやられちまう」リクが厳しい顔で呟いた。

そのリクを見て、キラは「ヒエーッ」と心の中で悲鳴をあげた。

――なんなんだこれは。普通の小学生だと思っていた同じクラスのリクが、まるで冒険映画のヒーローのように勇敢《ゆうかん》だなんて。ありえないでしょ。あんな見たこともないトカゲの妖怪に襲われてこの冷静さ！　僕、普通の小学生なんですけど……。

これは夢に違いない。わけのわからない徳島弁をしゃべるカエルといい、この世に存在するはずないし。夢よ、早く醒《さ》めて！

そんなキラの祈りも虚《むな》しく、トカゲ男たちがふたりの足跡を見つけたようだ。こちらを指さし向かってくる。

リクが「とんび、ゴー！」と、まるでとんびの主人のように命令をくだした。

途端《とたん》にとんびは、二匹のトカゲ男たちの脇をすりぬけ、森の奥に走っていく。

トカゲ男たちは向きを変えてとんびを追った。

「なんてことするんだよ！」

とんびを人身御供《ひとみごくう》にしたリクに、キラはつかみかかった。

「心配すんな、とんびは足が速い」

リクはキラの腕を払うと、てきぱきとバットケースから木のバットを取り出した。

通常、リトルリーグでは金属バットだが、リクは力をつけるために普段の練習は重い木製を使っている。

「何するつもり？」

「とんびを呼び戻せ」

左手に持ったバットを振り回しながらリクが言った。

「え……」キラは絶句した。

トカゲ男たちはとんびを追っていったのだ。呼び戻したらあの恐ろしい奴《やつ》らもこっちにやって来る。

ためらうキラを見てリクが叫んだ。

「おまえ、どこまでチキンなんだよ！　おまえには命かけてでも守りたいものはねえのかよ！」

キラは考えた。

——命をかけてでも守りたいもの、そんなものがあるのだろうか？

命はもっともたいせつだって、先生だって言ってたじゃんか。

しびれを切らしたようにリクが口笛を吹いた。

ヒューッ。

とんびが駆けてくるのが見える。

——ああ、とんび！　生きてた！　とんび！

今にも駆け寄りたいキラの背筋が凍った。

二匹のトカゲ男たちがとんびの後から姿を見せたのだ。

なんと、その手には大きな肉切包丁がある。

——なんだよコレ。ますますヤバいじゃんか！

キラは頭を抱えて蹲《うずくま》った。

頭上からリクの声が落ちてきた。

「闘《たたか》うから少年は男になるってよ」

「え？」

「うちのリトルリーグの監督の口癖。『闘って少年は男になり、闘いを降りて女は聖母に戻る』」

——いいです、僕は一生子どものままで。

キラは震えながら心で呟いた。

そしてつくづく自分のことがキライになった。

愛するとんびさえ守ろうとできない自分。

恐怖でいっぱいで考えることもできない。

――僕には何もない。勇気のひとかけらさえ。

〝おじくそ〟は一生〝おじくそ〟のまま勇者にはなれない。髪を黒く染め、目の色を変えたって「普通」にさえなれない僕が、勇者になれるはずがない。願いがかなう魔法の聖櫃《アーク》があったとしても、変身するのはいつだってリクみたいなヒーローなんだ。

やって来るトカゲ男たちにリクがジャンプしてバットで打ちかかった。

トカゲ男はでっかい肉切包丁で受け止めた。ガシッと音がして包丁がバットに食いこむ。

一瞬動きが鈍くなったリクに、もう一匹のトカゲ男が背後から襲いかかった。

リクはバットを左手にひらりと身をかわし、同時に足でその男をキックした。トカゲ男が転んだ、その尻にとんびが嚙みついた。

キラはおそるおそる叢から首を出してみた。

どれほどリクが勇敢で運動神経が飛びぬけていても、トカゲ男たちは獰猛《どうもう》で強靭《きょうじん》だ。

肉切包丁がリクの腹をかすめてシャツを切り裂《さ》いた！

尻を噛まれたトカゲ男はとんびに向かって牙をむいた。とんびは激しく吠《ほ》えながらも後退した。

二匹のトカゲ男がリクを追いつめる。二丁の包丁と鋭い爪、とがった歯に、リクの身体《からだ》は今にも引き裂かれるに違いない。

キラは恐ろしくて見ていられず、頭を抱えてぶるぶる震え始めた。

そのときだ。

『肚《はら》だ。肚を見ろ！』という声が聞こえた。それは実際に聞こえるというよりも、自分の内側から湧いてくる感覚のようなものだ。

「トカゲ男を見るな！　肚に意識だ！」

やって来る感覚を言葉にしてキラは夢中でリクに投げた。なぜか、そのメッセージは、リクに向けられたものだという強い思いに突き動かされていた。

「肚ってなんだよ！」

トカゲ男たちをバットでけん制しながらリクが必死で問うた。

キラの頭に感覚がやって来た。それを言葉に変える。

「丹田《たんでん》だ！　そこを感じて息を深く吸え！」

キラはリクに叫びながら、自分でも不思議と丹田に意識が集まるのを感じた。それは自分の意志でそうしたというよりも、身体が勝手に反応したようだった。

おなかの中心、丹田に意識を向けて腹で呼吸をする。キラの身体を金色の卵型の光が包んだ。と同時に、その光が『ライトボール』というものだという理解がどこからともなくやって来て腑《ふ》に落ちた。

途端に、トカゲ男たちの獰猛さもとんびの激しい啼《な》き声も、危険な状況は何も変わらないのに心の中が静けさに包まれた。

その金色のライトボールの中では、パニックになっていた気持ちが落ち着いて呼吸がゆっくり深くなる。

『呼吸を忘れるな』そんな感覚がやって来て、キラはまた深く息を吸い、そして吐《は》いた。

「リク、身体のまわりを囲う光の卵をイメージして！」

キラがリクにライトボールをつくるよう伝えたそのときだった。

キラは、リクを襲うトカゲ男たちの次の行動が手にとるようにわかることに気がついた。

「リク、次は左だ！　左から襲ってくる！」

「え、なんだって⁉」

リクが言っていることがわからないというふうに訊いた。

「あいつらの動きが予測できるんだ！　僕の言うことを信じて！　次は右！　そのあ

と足注意！」

リクはキラの言うことが奇想天外なのに戸惑いながらも言う通りにバットをかまえてみた。すると、どうだろう、面白いようにトカゲ男たちがその場所に攻撃をしかけてくる。

「こいつらの行動が読めるなら、スキもわかるだろ！　いつ攻撃したらいいか教えてくれよ！」

リクは攻撃をかわしながらキラに叫んだ。

「でもそうしたら守備ができないよ！」

「守備ばっかしてても勝てねぇじゃん！　勝てないゲームなんて意味ねえし！」

キラは目を閉じた。トカゲ男たち二匹の気配が濃厚になった。

「リク、右上からくる！　左下に打て！」

リクは、キラの指示通り、右頭上から振り下ろされる肉切包丁を俊敏《しゅんびん》によける、と同時に左にいたトカゲ男の腹めがけてバットを打ちつけた。そして次の瞬間、右にいたトカゲ男の肩にバットを振り下ろした。

二匹のトカゲ男は物凄《ものすご》い叫び声をあげながら倒れると、みるみる体が溶けてゆき地面に消えていった。

「大丈夫!?」キラは肩で息をしているリクに駆け寄った。

「助かったよ。ありがとう、キラ」

リクがそう言ってキラを見つめた。

キラは、「え、いや、僕は何も……」とドギマギと目をそらした。生まれて初めてクラスメイトに名前を呼ばれて戸惑ったのだ。

リクが改めて尋ねた。

「さっきの光の卵って何？」

「よくわからないんだ……でもこの光に包まれてるの、見えるでしょ？」

キラは、自分を囲っているライトボールを指した。

「何？　なんも見えないけど？」

どうやら、それはキラだけに見えるようだ。キラはリクに、光の卵が『ライトボール』というものらしいこと、そしてその中にいると落ち着いた気持ちになることを伝え、イメージでつくってみるように誘った。

リクは奇妙な提案に戸惑いながらも、キラの誘導に従って、丹田に意識を集中した。そして、そこから光が四方に放射して広がり体全体を包んでいくのを思い描いた。光の卵の中に自分がいる。リクが大きく息を吐《つ》いて、「すげぇ、なんか落ち着く」と言った。

呼吸するたびに余分な力がぬけて、どんどんリラックスしていく。それでいて力強さが内側から湧いてくる。信頼という大きなぬくもりの中にいるようだ。

キラは、目に見えないエネルギー（気）のパワーを知ってワクワクした。こんな簡単なイメージだけで気持ちを落ち着けることができたなら、怖かったり緊張したりするシーンでどれだけ気持ちが楽になるだろう。


そのとき上空から何かがキラキラと輝きながら落ちてきた。

鮮烈なその光を目で追っていると、どんどんキラのほうに近づいて来る。それは赤く丸い石だった。まるで意志を持った生き物のように、キラめがけて飛んでくると、手の中に吸いつくように収まった。

驚いて見ると、その赤い石には「恐」という文字が刻まれている。

「もしかして、これ、七つの石《ストーン》の一個じゃね？」

興奮して言うリクに、キラは戸惑った。

——自分は何もしていない。

「ほれはひとつめ『恐れ』じょ。キラは恐怖を克服したけん」

声がして、いきなり老師《ラオシー》があらわれた。

「第一の赤い石《ストーン》は生命力を活性化させる効果がある」

と、老師《ラオシー》はキラを見つめて言った。

「キラ、おまはんは、丹田に意識を向け肚を感じて呼吸した。ほれは心の内側に意識を向ける簡単な方法のひとつじょ。日本の『道』と呼ばれるものは、精神統一を目的にしてきた。武道、茶道、華道、書道、すべての『道』が心の内側に意識を向ける鍛《たん》練《れん》やけん。人類は潜在意識でつながっとんじゃ。ほなけん内側に意識を向けると、潜在意識でつながってる相手の思惑《おもわく》がわかるんじぇ。キラはあのトカゲ男たちの動きが読めた。昔、宮本武蔵が目を閉じていながら吉岡組七十人をなで斬りしたのはこういうことなんよ。『心眼』で敵の動きを見たんじゃな」

「聞こえたあの声のような感覚はなんですか？」キラが尋ねた。

「ＭＩＮＡＭＯＴＯの声、大いなる声じょ。インスピレーションと呼ばれることもあるし、アイデアという形でやって来ることもある。自分の内側に意識を向けることでＭＩＮＡＭＯＴＯからのメッセージを受け取ることができるんじゃ」

「ＭＩＮＡＭＯＴＯ？」

「すべての大本とでもいうかのぉ。ちまたでは『神』とか『宇宙』とか『大いなるもの』とかと呼ばれておる。この世界の森羅万象《しんらばんしょう》、人も物も、できごともありとあらゆるすべてが、そこからあらわれ、そこに消えていく。ワシもおまはんらもＭＩＮＡＭＯＴＯのあらわれなんじょ」

「はん？　意味わかんねぇし」リクが苛立《いらだ》った声を出した。

「みな、そう言う。たとえて言うと、MINAMOTOは大海で、ワシも、おまはんらも、動物も、山も、海も、建物さえ、すべてが大海の一滴ということじゃ」

「大海の一滴？」キラはますますわからなくなった。

「ほんまは『ひとつ』ってこと。みんな、自分ひとりで存在してると勘違いしとるけど、ワシもおまはんらも、もともとは『ひとつ』じゃ」

「オレとキラと、老師《ラオシー》、あんたが一心同体《いっしんどうたい》ってこと!? キモすぎだろ」リクが顔をしかめた。

「ハハ。一心同体か。ま、そういう言い方でもええわ。おまはんらがわかってくれたら。ほんまは一心同体のワシらやけど、この肉体ってもんをもつことで、分離したように錯覚しておる。大海の一滴は、大海の一部やのに、自分がそうだということを忘れとる。大いなる神MINAMOTOの分身なのに、それを忘れて苦しんどるんが人間なんじょ」

——僕たちが『ひとつ』で一心同体なら。

僕とリクが、僕たちとあのトカゲ男たちが、そしてすべてと『ひとつ』なら。

この世から争いは消える。

イジメもなくなる。

なぜなら、誰かをイジメることは自分を痛めつけることだから。

誰かを殺《あや》めることは自分を殺すことになる。

いや、世界が『ひとつ』のままだったなら。

僕はこの世から消える。

リクも消える。

ママも消える。

とんびもいなくなって、海も山もなくなるだろう。

僕とリクとママととんび、海、山、そしてあのトカゲ男も溶け合って『ひとつ』になる。

それってどういうこと？

うーん、よくわかんない。

キラは投げ出した。頭がこんがらがったのだ。

確かなことは、『ひとつ』から分かれて、人は『ひとり』になった。寂しく孤独になった。比較し、優劣をつけたり、違ったものを差別したりするようになった。他人の物、自分の物と所有を争うようになった。それが原因で闘いになり殺し合い疲弊《ひへい》している。

『人間は分離のゲームをしている』

そんな言葉がキラの脳裏に浮かんだ。

――これはMINAMOTOからのメッセージだろうか？　争いも殺し合いも、『ひとつ』という『分離』のない状態では起こらないことだから？

『ひとつ』であることを忘れて愚かな競争や戦争をすることが『分離のゲーム』だというのなら、なぜMINAMOTOはそんなゲームを始めたのか？

『ひとつ』のままなら起こらなかった哀《かな》しく終わりのないゲームを僕たちにさせて、MINAMOTOは何をしようとしているのか？

キラは泣きたいほどの切望を抱えてMINAMOTOに訊きたかった。

――僕が、あなたの分身なら、どうしてこんなに苦しい思いをさせるのですか？

僕はバケモノに生まれて。ママはプルメリアの指輪を売らなくちゃならないほど貧乏で仕事もない。

なぜ？

僕は、どうして生きているの？

僕の命は、なんのためにあるのでしょう？

キラが握《にぎ》りしめている赤い石《ストーン》がキラリと光った。

「おまはんら、ほんまに聖櫃《アーク》を手に入れたいなら寄り道はせられん」

老師《ラオシー》が緊迫した顔で言った。

「いよいよ、試練のときが来たようじゃ。闇の将軍タマスがこの森にやって来た。おまはんらを襲ったトカゲ男はタマスの手下じょ」

「タマス？」リクが尋ねた。

「世界の富を牛耳《ぎゅうじ》っている財閥の手先。世界の経済は、彼らの思惑通りに動いておる。世界中の金が奴らに集まっているというのに、ほれだけでは飽き足らず、世界征服を企《たくら》んで聖櫃《アーク》を狙《ねら》っておるのじゃ」

キラは、自分たちが闘った相手がただの妖怪ではなく、現実社会で力のある悪者の手下だと知って当惑した。

老師《ラオシー》は続けた。

「タマスが聖櫃《アーク》を手に入れたら大変なことになる」

「どうなるんだよ？」リクが戸惑った声で訊いた。

「世の中の価値観が逆転する。今まで悪だったものが良しとされ、善だったものは疎《うと》まれる」

「それって……どういうことですか？」キラも口をはさんだ。

「たとえば、心優しいよりも、いじわるでずるがしこいほうが褒められ認められる。つまり、キラ、おまはんのママの職場にママをイジメるおばはんがおるけど、ほのおばはんが偉《えら》くなって、ママは言うことをきかんとあかんようになる、みたいなこっちや」

「そんな理不尽な⁉」

「ほうじゃ、今まで理不尽と思われたことが常識になる。盗む者が金持ちになり、嘘《うそ》をつく者が賞賛され、殺す者がヒーローになる。タマスたち闇の世界の住人は、世の中の混乱に乗じて社会を統制するという大義名分の下、人を奴隷のように支配して、効率至上主義の社会をつくろうとしよんじょ」

「そんなの、みんなが許すはずないだろ！」

「そう思うのも当然じゃ。ほなけんど多くの人の意識が何を選ぶかによって社会は変わっていく。今、社会は格差が激しくなり怒りや絶望を抱える者が多くなった。だとしたらどうなる？」

「イライラや不安をどこかにぶつけたくなるとかですか？」

「ほうじゃ。人々は、自分の不遇、不幸を人や社会のせいにして、怒りの矛先《ほこさき》を何かに向ける。それこそがイジメの構造じょ」

と、老師《ラオシー》はキラを見つめた。キラがイジメを受けていることを見通しているように。

キラは目をそらした。

イジメられていることは、キラにとって「恥ずかしいこと」だった。誰にも知られたくない。イジメをしている本人の前ではなおのこと、思い出したくもない。

老師《ラオシー》は続けた。

「タマスたちは、聖櫃《アーク》のパワーで善なる人の心を弱め世界を支配しようとしとるんじょ」

「そんなことになったら……？」リクが勢いこんで尋ねた。

「世界から真《しん》・善《ぜん》・美《び》が消えてしまうかもしれんのぉ」

「真・善・美？」

キラが問いかけると、老師《ラオシー》は説明を続けた。

「『真・善・美』は、立禅《りつぜん》といわれる弓道の最高目標やけんど、もともとは古代ギリシャの哲学者、プラトンが提唱した、人間のこの世にあらわれる最高の理想の姿じょ」

キラには想像がつかなかった。「真・善・美」が世界から消えてしまったら、世界はどれほど荒れて醜《みにく》いものになるだろう。太陽がこの世から消えてしまうようなものじゃないだろうか。

そう思ったとき、キラの脳裏に見たこともない真っ黒に汚れた海が見えてきた。油のようなドロドロした液体が海を覆《おお》っている。大量の魚たちが腹を見せて浮いていた。森が切《き》り崩《くず》されていくのも見えた。猿やイノシシやクマたちが行き場を失い、街を襲っている。まるで映画のように、次のシーンに切り替わると、街では暴動が起きていた。トカゲ男たちが人々を次々と捕まえて、トラックの荷台に乗せていく。連れていかれるのは、決まって平和と自由を求め闘おうとした人たち。子どもたちはいなくなった親を求めて泣き惑い、そんな子どもたちからさえ金を奪おうとする大人たちがいた。

キラは身を震わせた。

――これはMINAMOTOからのメッセージなのか？

闇の将軍タマスが支配した世界はこうなってしまうということを見せられたのか？

キラは、あまりの苦痛から逃れようと、ライトボールをイメージして深呼吸をした。

少しずつ安心感が戻ってくる。

「MINAMOTOとのつながり方がわかったようじゃな。呼吸こそがMINAMOTOとつながる手っ取り早い方法じょ」

「MINAMOTOとつながるって？」

キラが尋ねようとしたとき、赤い石《ストーン》がますます光を発し始めた。

「ワシは聖櫃《アーク》をおまはんらに手に入れてもらいたい。おまはんらは、こんまい（幼い）のにトカゲ男と勇敢に闘った。こんなにピュアな勇者志願者は初めてじぇ」

老師《ラオシー》は強いまなざしでふたりを見つめた。

「老師《ラオシー》、あんた、MINAMOTOのトモダチなんだろ。だったらタマスを阻止できんじゃねえの」

「そうですよ、さっきだって助けてくれたってよかったじゃないですか！」

抗議《こうぎ》するリクと一緒に、キラも老師《ラオシー》を責めた。

「ほれはせられん。というか、でけんのよ」

「できない？　なんで⁉」リクが理解できないというふうに言った。

「ＭＩＮＡＭＯＴＯには善も悪もない。つねにすべてが中立じゃ。ほれにじゃ、聖櫃《アーク》をめざす者はどんな試練も自分で打ち克《か》っていかんとあかん。ワシにできるのは勇者になる知恵を与えることだけじょ」

「僕みたいな者でも勇者になれますか？」

キラはおずおずと訊いた。勇者になどとうていなれるとは思えなかったが、悪に支配された世界にだけは絶対にしたくない。それにＭＩＮＡＭＯＴＯが、キラに今まで感じたことのない確かな力をくれたのも事実だった。あのライトボールの中で呼吸をしているときののびのびとした感覚を思い出すと、自分の存在が大きくなったようで勇気が湧いてくる。

「なれるかなれんかは、おまはん次第じゃ。なると決めた者にしか道は開かん。初めに意思ありき。わかいし（若者）よ、夢は見るためにあるんちゃう、夢は生きるもんじぇ」

「僕、勇者になる」

キラは思わず言った。よく考えて決めたというより、何か強いものに衝《つ》き動かされて言ってしまった、という感じだった。それをもう昔から決めていた自然なことのように感じるのが不思議だった。

しかし、言った途端「なれるわけがない」という全く逆の思いが強烈にこみあげてきた。とんびを守るために闘うことさえできなかった自分が、再びトカゲ男たちがあらわれたときに逃げない保証などないではないか……。

老師《ラオシー》がぴょんと飛び跳《は》ねて言った。

「よう言うた！　夢を生きる最初の一歩は宣言することじゃ。心で決めたことを口に出す。途端に内側から妨害する思いや感情が出てくる。ほのネガティブな意見に主導権を譲《ゆず》らない。宣言し続けるんじゃ。『自分はやる。できる』。『できない』という思いが出る度《たび》、その何倍もの『できる』『I can do it!』を、自分に言い聞かせる。自分の脳を洗脳するようにな。多くの者が、自分がやりたいことを『金がない』『時間がない』『今は時期じゃない』『もっと準備してから』などと、いろいろな理由をつけてせーへん。ほれは、行動を起こしたら、多かれ少なかれ傷つくことを知っておるからじゃ。行動を起こすということは、失敗する恐怖と向き合うことでもあるけんな。傷つく覚悟が必要なんよ。鼻くそほどの勇気でええ、一歩踏み出したら、傷ついた以上のでっかいご褒美がやって来る。ほなけん、一度踏み出した者はずっと歩み続ける。

踏み出さなかった者は一生とどまる。敵は我の中にあり。まずは内側の批判的な自分に打ち克つことじょ」

老師《ラオシー》の言葉に応えるようにキラは気持ちを奮い立たせた。

「僕、勇者になって、優しい人が平和に暮らせるように剣を使う。そしてママの指輪を取り戻す」

言った途端、勇気が不安に勝った気がした。赤い石《ストーン》を手に入れた喜びがじわじわと湧き上がってきた。

もう一度キラが宣言しようとするのをリクが遮《さえぎ》った。

「勇者になるのはオレだ」

キラがリクを見ると、挑戦するように睨《にら》みつけてくる。

「オレはタマスになど世界を渡さない。オレにはこの世界でやりとげたいことがある」

リクは固い意志のこもった強いまなざしで宣言した。

ヒューーッ。

老師《ラオシー》が口笛を吹いた。

「おまはんら、えらい！　おじくそ卒業したのぉ」

そう言うと、老師《ラオシー》はキラの頭をこつんとつついて続けた。

「ほなけんど、すまんのぉ。勇者になれるんは、ひとりだけ。聖櫃《アーク》を手に入れるのは、たったひとりの選ばれし者だけじょ」

そしてキラの持つ赤い石《ストーン》を見て付け加えた。

「もし挫折《ざせつ》してこの森から出るときは、その石《ストーン》は没収されるけん、ほのつもりでな」

リクが石《ストーン》をじっと見ているのに気がついて、キラは慌てて石《ストーン》をポケットに隠した。

「キラ、おまえ、ひとりで聖櫃《アーク》探しに行けんのかよ」リクが冷たい声で言った。

「え⁉」

「だってそうだろ。どんなにがんばったって、もう勇者になる資格がないなら続ける意味ねぇし。おまえがその石《ストーン》を独り占めするならオレは降りる」

リクの言葉を聞いてキラは怖気《おじけ》づいた。確かに赤い石《ストーン》はキラの手に落ちてきたが、リクが勇敢に闘ったからこそ自分はライトボールが見えたし、MINAMOTOのメッセージを聞くことができた。たったひとりで旅を続けることなど考えられない。

キラの心中を見抜いたようにリクが言った。

「おまえは、オレにはない見たり聞いたりする力がある。オレは、おまえにはない闘う力がある。ふたりで協力して聖櫃《アーク》を手に入れないか?」

「でも聖櫃《アーク》を手に入れるのはひとりだって老師《ラオシー》が……」

どうしたらいいのかわからないキラに、リクが突き放すように追い打ちをかけた。

「だったらひとりで行けよ」

戸惑いながらキラは答えた。

「……一緒に行こう。この石《ストーン》はふたりのものだ……」

見守っていた老師《ラオシー》が微笑《ほほえ》んで言った。

「わかいしよ、鼻くそみたいな勇気が、ごっつい夢を花開かせる」

第二の石《ストーン》「オレンジ」

森は奥へ進むほどジャングルのようだ。太陽の光が樹木によって遮《さえぎ》られているので薄暗く肌寒い。奇妙な形をした植物がうっそうと繁る中を、サルやリスが出たときには喜んで見ていたが、全長5メートルもの大きなヘビが目の前を横断したときには、キラは勇者になると言ってしまったことをつくづく後悔した。

さすがのリクもそれにはびっくりしたようで、

「トカゲにヘビ、なんで爬虫類《はちゅうるい》づいてんだよオレ。世の中でいちばんきれぇなのに。MINAMOTOに文句言ってくれよ！　キラ、テレパシってんだろ！　直接会ったらぶっとばしてやる！」と、さんざん毒づいていた。

キラが感じるに、MINAMOTOは、文句を言うとか、ぶっとばすとか、そういうことができる次元の存在とは思えないのだが、リクの中では老師《ラオシー》の上司のオオガエルのようなものとして認識されたようだった。

木々をかき分け進むと、光が射《さ》している空間に出た。

キラは改めて、お日さまのありがたみを感じた。とんびも喜んで跳《は》ね回っている。

「腹減ったな。メシにしよう」

リクは岩の上に腰を下ろすとリュックから包みを取り出した。

おいしそうなおにぎりが入っている。

キラは動揺《どうよう》してうつむいた。

「食料持ってこなかったのか？」呆《あき》れたような声でリクが続けた。

「そんなで、よく勇者になるなんて言えたもんだな」

その通りだ、キラは返答もできない。リクは最初から冒険に来るつもりで用意をしてきたのが、リュックの中にどっさりつまったビスケットやチョコを見てわかった。

キラのランドセルには、教科書や筆箱、絵を描《か》くためのスケッチブックとクレヨンしか入っていない。冒険の旅には役に立たないものばかり——。

「食えよ」

キラが見ると、リクがおにぎりを差し出している。

「！……どうして？」

不思議だった。リクはキラが嫌いなはずだ。球技大会でヘマをしてからリクたちのグループからイジメを受けている。

「おまえが倒れたりしたら迷惑なんだよ。それに残念ながら、おまえにしかMINAMOTOからのメッセージは届かない」

「リクも聞けるよ。心の内側に意識を向けたら」

「別に聞けなくていいし」

そう言うとリクは、おにぎりをキラに向かって投げた。

「……ありがとう」

「とんび！」

リクが向こうで巨大な羽の蝶《ちょう》を追っていたとんびに呼びかけると、猛《もう》ダッシュで駆けてきた。

残りの一個のおにぎりをとんびにやりながらリクが言った。

「なんで『とんび』？　変わった名前じゃね？」

『とんび』というのは、ダディが名づけた。

キラは、ママから聞いたエピソードを語り始めた。

とんびが家にやって来たばかりの仔犬《こいぬ》の頃、ダディとママが海岸《ビーチ》に連れていった。ランチのサンドイッチを食べようとしたとき、上空から猛スピードで飛んできた鳥のトンビがママの手からサンドイッチを奪い去った。

驚いたママが「とんび！」と叫んだ。

すると、横にいた仔犬がなぜか「わん！」と尻尾《しっぽ》を振った。

ダディはその姿を非常に面白がって、「よし、今日からおまえはとんびだ！」と言った。

キラは、その話をしながら胸が痛くなった。なぜだか、ダディとママの楽しかった頃を思い出すと息ができなくなって泣きたくなる。

「おまえの父さん、アメリカ人なの？」

「うん……」

「横須賀《よこすか》の基地に勤めてんのか？　かっこいいな」

「え、あの、よく、わからないんだ。たぶん今はアメリカにいるんだと思う」

「なんで知らないの？」不思議そうな顔でリクが訊《き》いた。

「リコンしたんだ。ママとお父さん。今は連絡とってないから」

「ふーん」

リクはそれきり口を閉ざしてしまった。

キラは居心地《いごこち》が悪くなり、その場から駆《か》けだした。

「おい」

リクが呼びかけたがキラは止まらなかった。

リコンのことを誰かに話したのは初めてだった。今は誰にも顔を見られたくない。

おにぎりに夢中になっていたとんびがキラを追ってきた。

キラは繁った森の中をどんどん進んだ。木の枝が顔を刺すように当たってくる。

その痛みが気持ちよかった。胸の痛みが楽になる気がする。

そのとき、ざわざわした人の気配を感じてキラは思わず木陰に隠れた。

息をつめて、そっと気配がする方向に進んでいくと、切り立った崖《がけ》になっており、どうやらその下からざわめきは聞こえてくるようだ。キラが用心しながら下を覗《のぞ》き込むと、そこは広場になっていた。

その広場に何十、何百という兵隊が立っていた。

「なんだ、あの人たち……」

驚いて、さらに見ようと身を乗り出したキラは凍りついた。

それはトカゲ男たちが武装した姿だった。肉切包丁だけでなく、機関銃を肩にかけている連中もいる。

青ざめたキラが背後に気配を感じぎくりと振り返ると、リクが青ざめて身を伏せていた。

「相当ヤバいだろ、これは」

「こんな大勢を相手にしなきゃいけないってことだよね……？」

キラは震える声で囁《ささや》いた。

「んなことねぇよ」と、言ってもらいたい。そんなわずかな希望が打ち砕かれただけじゃなく、リクはもっと恐ろしいことを告げた。

「あいつらの狙《ねら》いが聖櫃《アーク》なら、それを開けるカギのひとつ、石《ストーン》を持ってるおまえは真っ先に狙われる」

キラの青白い顔がますます青くなった。

「逃げよう！」

リクとキラは、これ以上ないくらいの速さで走り始めた。

リクの足は速くて、キラはついていくのに必死だ。

ふたりがトカゲ軍からかなり離れた場所まで走ったとき、突然、正面に老師《ラオシー》があらわれた。

「びっくりさせんなよ。ビビるだろ」リクが老師《ラオシー》に文句をつけた。

キラは息をするのが精いっぱいで口をきくこともできない。

「もういっときの猶予《ゆうよ》もないようじゃ。ちと早いがたいせつな教えを与える」

老師《ラオシー》はおもむろに語り始めた。

「ごっついぎょうさんのトカゲ軍を見て、恐ろしいじゃろ？」

キラとリクは大きく頷《うなず》いた。

「ほなけんど、ほれは、おまはんらの心がつくりだしたと言える」

「心がつくりだす？」キラが眉《まゆ》をひそめた。

「ほうじょ。この世の現実は、おまはんらの心のあらわれやけん。心、つまり、思考や気持ちが先にあって、考えたことが目の前の現実となって映し出される。それを人間は『体験』として『生きて』おるんじょ」

キラとリクは、老師《ラオシー》の言うことが途方もなく難しいので当惑して目をあわせた。

「考えたことって……僕が、あのトカゲ男のことを考えたから、あの人たちがあらわれたって言うの……?」

キラが言うと、リクが反抗的な悪ガキたちが先生をからかうときの口調を真似《まね》た。

「あんな不気味なトカゲ男、オレら、つくりだしたりしてませぇん」

老師《ラオシー》は、かまわず話をすすめた。

「信じられんかもしれんけど、この世は、おまはんらが何を信じているか、それによって現実が変わってくるんじゃ。映画はスクリーンに映像が映し出されとる。あの映像がおまはんらの現実。映写機のフィルムは心なんよ。心が何を考え、感じているか、それが現実に映し出されているだけ。つまり、おまはんらは自分の思考を体験しているだけなんじょ」

「それって……考え方によって現実が変わるってことかよ?」

不信感いっぱいの声でリクが訊《き》いた。

「ほうじゃ」

老師《ラオシー》は確信をこめて頷《うなず》いたうえで、キラをじっと見つめた。

「キラ、どんな気持ちだった？　ほの赤い石《ストーン》を手に入れたとき」

「……怖かった。でもそれより、今まで僕はなんにもできないダメダメだと思ってたけど、もしかしたら何かできるのかもって初めて思いました」

キラは赤い石《ストーン》を握《にぎ》りしめて言った。

老師《ラオシー》はリクに向きなおった。

「リク、おまはんはどうだった？　キラに石《ストーン》を取られたとき」

「オレは……」

リクはキラから視線をそむけて続けた。

「二個めはオレがゲットする、絶対」

「悔しいんやな」

「別に悔しくなんか」ムキになって言い返すリクの声が苛立《いらだ》っている。

キラは気がついた。リクは怒っている。一個目の石《ストーン》を手に入れたのが、臆病《おくびょう》に隠れて震えていたキラで、勇敢《ゆうかん》に闘《たたか》った自分ではないことに納得がいかないのだ。

老師《ラオシー》が言った。

「リク、おまはんのその『悔しい』『むかつく』って気持ちが、石《ストーン》を手に入れられないという現実をつくったんよ」

「何言ってんだよ！　手に入れられなかったから、そう思ったんだろ！　順番が逆じゃねぇか」リクが強く反論した。

「残念だが違うんよ。みんな、大きな勘違《かんちが》いをしとる。石《ストーン》を手に入れられなかったから『悔しい』『むかつく』気持ちが出てくると思っておる。ほなけんど真実は逆じょ。『悔しい』『むかつく』という気持ちがあって、それが映写機のフィルムのように、現実のスクリーンに映し出されるんじょ」

「どんなことも？」キラは納得がいかなくて訊いた。

「どんなこともじゃ。この世に起こるすべての現実は、思考が先にある。心、意識が現実を映し出す。ほのことを知っているのが勇者の条件じょ」

リクも納得できないような不服そうな顔をしたが何も言わなかった。

キラは混乱していた。

――すべての現実を自分の心がつくったというなら、パパとリコンしたのもママがつくったというの？　ママは哀《かな》しんでいたけれど、その哀しみが先にあったから、それでリコンが起こったってこと？

僕がイジメを受けたのも、「辛《つら》い」や「哀しい」「はらたつ」「僕はやっぱりダメだ」とか「みじめ」、ああ、もう数えきれない、そんな気持ちが先にあったから⁉

貧乏で給食費を払えないで、ママがたいせつにしていた指輪を売ったのも⁉

僕の髪が青いのも僕の心がつくった⁉

「ありえないです！」

キラは今までにないほど強い調子で反発した。

「僕は、僕に起こったいろんなことを望んだことなんてない！　考えたこともないのに、願うわけがないです！」

「そうだよ！　オレだって望んでない！　あのトカゲ男のことなんて死んでも考えてない！」リクも同調した。

「望んでなくても心配しとっただろ？　キラ、おまはんは、このまま貧乏でママが不幸になったらどうしようって、いつも案じていた」と、老師《ラオシー》はキラを見た。

「ほれからリク。おまはんは、負けるんちゃうかって不安をつねに抱えとったのぉ」

とリクを見た。

キラもリクも、心の闇を目の前に差し出されたようで戸惑い黙った。

「願いだけでなく心配も悩みも全部が思考じぇ。そして、そのどれが現実にあらわれるかは、『総量』で決まる。おまはんらが最も考えたことが現実になるんじゃ」

老師《ラオシー》は、今までにそうやって何千回、何万回と同じ説明をした慣れた口調で続けた。

「ほなけんど自分が何を思っているか気付けないことも多い。ほれは、意識が、自分で認識できる顕在《けんざい》意識と、認識できない潜在《せんざい》意識の部分で成り立っとるからなんよ。心理学者のユングはんが解明したように、意識の中で自覚できる顕在意識は、氷山にたとえたら、海の上に顔を出してる一部分。あとの潜在意識は海の中に隠れてる。つまり顕在意識は3パーセントにすぎん。顕在意識で自分は素晴らしいと思っていても、あとの97パーセントの潜在意識で自分はアカンと思ったら、アカン、ダメダメな証拠が集まってくる。ほういう現実が起こってくるんじょ。ほれにこの物理世界では、現実化するまでに時間がかかる。その時差で、みんな、自分が現実をつくりだしとるということに気がつかん」

「だったら何したってムダじゃん。オレは負ける不安で、実際キラに負けて石《ストーン》を手に入れられなかったってことだろ」

リクが投げやりに言った。

「僕も、ビンボーになってママがかわいそうって悩んでたから、ママは指輪を売ることになっちゃったんだ……」

キラもしょんぼりと呟《つぶや》いた。

ふたりを諭《さと》すように老師《ラオシー》が言った。

「ほなけんどわかっとったら選びなおせるじゃろ」

「選びなおす？」

「ほうじゃ、思考を選びなおす。心配や不安よりも、そうなりたいことをたくさん『思考』する。つまり、夢がかなったことを考える量を増やしたらええんじょ。現実を見たら、自分でも気付いていない思考がわかる。もしも望まない現実をつくりだす思考を持っていたら書き換《か》えたらええ。思考を変えたら何が変わるかというと、おまはんらの『周波数』が変わるんじゃ」

「周波数？」

「物質や場を構成する最小の単位が素粒子《そりゅうし》なんじゃが、この世のあらゆるもの、生物、物質すべて素粒子が振動してできている。周波数とは、素粒子の動きを数値化した振動数のことじょ。物質はすべて固有の周波数をもって振動しとる。たとえば都会と田舎では感じ方が違うじゃろ？　ほれは土地の周波数の違いを感じるからじぇ。ラジオの電波は周波数によってチャンネルが変わる。同じように、おまはんら人間もそれぞれ、その時々で、出す周波数が違うんじょ。おまはんらの出すバイブレーションが喜びに満ちているのか、怖《おそ》れなのかで、映し出す現実が変わってくる。つまりおまはんらは現実をつくりだすパワーを持っておる。ほれだけに自分がどんな周波数、バイブレーションを放出しよるんか気づきをもっておることじょ」

――『現実をつくりだすパワー』

その言葉はキラの気持ちを明るくさせた。嫌な現実を自分でつくっているように言われ、信じられなかったし頭にもきたけれど、もしも本当に、自分の気持ち、思考を変えるだけで現実が変わるなら……幸せになる力を自分が持っているということになる。

——『自分』という存在はなんとパワフルなのだろう。

キラは、半信半疑ながら、自分が限りないパワーを持っているなら、それを信じてみたいと思った。希望が湧《わ》いてくる気がする。

リクは、聞いたこともない教えに戸惑っているようだ。それは今まで信じていた概念やものの見方を根本からひっくり返すことだった。すんなりと受け入れられるはずもない。起こった現実を自分でつくったなど断じてないという反発が強いのだろう。

そんな気持ちをふり払うように、リクが宣言した。

「聖櫃《アーク》を手に入れるためにはなんだってする」

老師《ラオシー》が今までにない神妙《しんみょう》な顔でふたりを見つめた。

「この森ではもとの世界より、思考が現実にあらわれるのが早い。気をつけなあかん。ほれに、闇の将軍タマスが送り込んだトカゲ軍のせいで、おそらく、おまはんらは、かつての冒険者以上に過酷《かこく》なことになる。どうする？　続けるか？　今なら、ふたり一緒にもとの世界に戻したる」

「オレは行く」

「僕も……行きます」

キラは今でも逃げ出したい気持ちでいっぱいだったが、老師《ラオシー》の教えを聞くほど、自分のような臆病者でも変われるかもしれないという気がし始めていた。今、このチャレンジから逃げ出したら一生〝おじくそ〟のままだろう。

「最初の一歩がいちばんこわいけん。ほれは見えない橋に踏み出すような勇気がいる。ほなけんど、踏みしめた足元に橋がかかる。あとから来る者のために橋をかける。ほれが勇者の使命じぇ」

老師《ラオシー》の言葉がふたりの深い部分を揺さぶった。そのことがわかったように、老師《ラオシー》が告げた。

「わかいし（若者）よ、臆病なまま夢をつかめ。おじくそ勇者！」

そしてあらわれたときと同じように、ふいに消えた。

キラとリクは、再びクイチピチュに向かって歩き始めた。

進んでいくふたりの前に急な斜面が立ちふさがった。登るのは大変そうだが、このまま進むのが方角的に近そうだった。キラがそう考えたとき、リクも言った。「この斜面は、あとからタマスの手下が来たときに、あいつらにとっても障害になる。登ろう」

キラは頷くと、とんびを連れて必死で登り始めた。運動神経のいいリクさえ登るのが困難な斜面に、キラは何度もすべって転び、全身傷だらけになった。

斜面の上で待っていたリクが、やっとたどりついたキラを見て不思議そうに口を開いた。

「おまえ、剣を手に入れたら、ママの指輪を取り戻すのが願いって言ってたよな？」

「うん、そうだけど……？」

「なんで自分のことを頼まないんだ？　ママよりおまえのほうがマジで大変だろ、学校でも」

「僕のことはいいんだ」

「なんで!?」

なぜかムキになった口調でリクが問いただした。

「だって、僕は……しかたないんだ。僕のせいで球技大会負けちゃったし。みんなが怒るの当然だと思うし」

「バッカじゃねえの」

リクは呆れたように続けた。

「老師《ラオシー》のじいちゃんが言ってたじゃん。心、考えが現実に映しだされるって。イジメられても仕方ないなんて思ってっから、そんなことになるんじゃねえの」

「そうだよね。僕もそう思う」

「そう思うじゃねえよ！　なんか、おまえ見てるとイライラすんだよ」

「ごめん」

「謝んなよ、それがイラッとする原因なんだよ！　おまえ、自分が悪いっていっつも思ってんだろ？」

「ほんとに僕が悪いし」

「んなことねえよ。球技大会だって、負けたのはおまえがドジったのは事実だけど、采配《さいはい》したオレの責任もあるだろ。それにチームがもっと点を取ってたら、あんなことにならなかった。なのになんでおまえだけが負けた責任、僕にあります、なんて顔すんだよ。そういうの、ゴーマンだと思う」

「え、なんで僕がゴーマン？」

「いっつも自分が悪いんですっていじけてるっつーか。だからイジメられるんだ」

どうして、それがゴーマンなんだ、そもそもきみがいじめた張本人だろ！　そう言い返したい衝動《しょうどう》が喉元《のどもと》まであがってきた。口まで出かかった言葉をのみ込む。キラはいつもそうだ。自分の思いをぶつけることができない。

黙りこくって歩いていると、分かれ道がやってきた。道はふた手に分かれている。右の道は、また急な斜面が続いている。それに比べ、左は平坦《へいたん》で木々も少なく光がところどころ射し込んでいる。

「こっち行こう」

リクが左に進んだ。

キラは立ち止まった。なんとなく嫌な予感がする。

「どうした？」リクが振り返った。

「右のほうがいい気がする」

「なんで？」

「理由はないけど、なんとなく」

「MINAMOTOが言ってんのか？」

「そうじゃないけど右に行くことを考えると体が軽いっていうか……。リクも感じてみて」

リクはしばらく左右の道を見比べていたが、「右はまた斜面だぞ。おまえ、またすっ転ぶだろ」と言った。

そう言われるとキラは言い返せなかった。リクの後に従って左の道に進み始めた。

しばらく行くと、その道は切り立った崖になっていた。ふたりは、慎重《しんちょう》に木の枝を両手でつかみながら一歩一歩、歩みを進めた。突然キラの足元の岩が崩《くず》れた。咄嗟《とっさ》に枝をつかもうとした手が虚空《こくう》で暴れる。

「キラ！」

リクの注意をうながす声も虚《むな》しく、キラは崖から転落した。とんびが激しく啼《な》いた。

気がつくと、キラは奈落の底だった。崖の上ははるか頭上でとても見えない。これほどの高さから落ちたのによく生きていられたものだ。どうやら木の枝がクッションの役目をしたらしい。

「リク！　とんび！」

何度呼んでも返事はない。

「老師《ラオシー》出てきて！　老師《ラオシー》！」

　キラは不安のあまり、悲鳴のような声で老師《ラオシー》を呼んだが気配もない。世界でたったひとり、忘れ去られたような気がするほどの静寂だけが横たわっている。

キラは目を閉じて丹田で呼吸した。ライトボールをイメージする。しかし待っていてもＭＩＮＡＭＯＴＯからのサインは何も起こらない。

　そうしているうちに日は落ちて夜のとばりが降りてきた。恐怖と寂しさでパニックになりそうだ。背後で何か動く気配がして振り返ると、赤い目が何個も光っている。トカゲ男たちに見つかったかとぞっとしたが、どうやらそれは狼《おおかみ》の群れのようだった。ここは狼の根城《ねじろ》に違いない。恐怖で口がからからになり肌が粟立《あわだ》った。キラは震える足で後ずさりながら、そこから必死で遠ざかった。そうして、ランドセルにくっつけていたキーホルダーについたＬＥＤの明かりと月明かりを頼りにクイチピチュの方向へ歩き出した。

昼間でも薄暗い森は闇そのもの、恐怖で足がもつれる。しかし立ち止まるのも怖い。気を許せば大声で泣き叫んでしまいそうだ。

ぽろぽろこぼれる涙をぬぐいながら必死の思いで歩いていくと、ジャングルが切れて、月明かりで見通せるようになった。

ホッとするのも束の間《つかのま》、また分かれ道がやって来た。キラは、どっちに進んだらよいかわからず立ち止まった。右はデコボコとした下り道。左は草原になっている。ふと、右がいいという気がした。右へ行くことを感じると体が軽い。しかし頭が文句を言い始めた。

――下り坂は滑《すべ》りやすい。その上あの道は岩でいっぱいだ。転んでまた転落したらどうする。

キラはしばらく迷ったが左の道に進んだ。

川が流れている。川面《かわも》に月光が反射している。とても物悲しかった。寂しさがどんどん侵食《しんしょく》してきていた。キラにとって、寂しさは慣れ親しんだものだった。ママが仕事で留守の日もそうだったが、学校で集団の中にいたときのほうがもっと、寂しい風が体の中を吹いているようだった。そんな、今までもさんざん寂しさを味わってきたキラだったが、このとき初めて知った。「寂しさ」がふくれあがるとき、人は自暴自棄になるのだと。

これほどの強烈な寂しさから逃れることができるなら死んだほうがましだ……。

そんなことを思ったときだった。前方の空から物凄《ものすご》い数のカラスが飛んできて、キラの頭に襲いかかった。とがった嘴《くちばし》で目を突き刺されるのを恐れて横を向いたら、頬《ほお》を刺され痛みで崩れ落ちた。頭への攻撃を守るためにかばった両腕に、カラスたちは容赦《ようしゃ》なく襲いかかる。

――もうダメだ、僕はやっぱり何をやってもダメなまま……。

そういえば老師《ラオシー》が言ってた、この森では思いが現実になるのが早い、思考に気をつけろって……。死んだほうがましだと思ったから、こんな現実を引き寄せたのか……。

その頃、リクととんびはキラを捜し疲れて座りこんでいた。夏といえど、しんしんと冷えてくる。

リクは薪《たきぎ》を集め始めた。

「ごめんよ、とんび……あいつを見つけられなくて……」

とんびはうろうろと落ち着きなく、キラを捜すように、あたりを歩き回っている。

「でももう今夜は諦《あきら》めよう。これ以上夜歩くのは危険だ」

リュックから出したメロンパンをとんびに分けてやりながら頭を撫《な》でた。

「あかんわ、ほれは！　ワシにもくれ」

突然あらわれた老師《ラオシー》がメロンパンに食いついた。

「老師《ラオシー》！　探してたんだぞ！」

「メロンパンはこの世でいちばんの好物なんじょ。これ、なんべん食べてもうまいんじゃわ」

そののんびりした声に苛立ってリクが噛《か》みついた。

「キラが崖から落ちたんだぞ！　それなのに今まで何してたんだよ！」

「知っとうよ。キラは命の危険にさらされとる」

「それ知ってて、おめぇ、ほったらかしか⁉」

「ワシには手助けはできん。もししたら、あの子の勇者になる資格はのうなってしまうけん」

「でも死にそうなんだろ、あいつ⁉　なのに！」

今にも老師《ラオシー》の首をしめそうな勢いでリクがつめ寄った。

「自分のやりたいことをやれなくなったときの苦悩を、リク、おまはんは知っとるはずじゃ」

老師《ラオシー》がリクの目を覗き込んで言った。

リクは絶句した。

──老師《ラオシー》はすべてお見通しだ……。

リクの衝撃など素知らぬように、老師《ラオシー》は言葉を継いだ。

「キラが自分でやめると言うまでワシは手をだせん」

「でもせめてアドバイスだけでも！」

老師《ラオシー》は首を左右に振った。

「あの子は、今、自分の内なる声を聞く必要があるんじゃ」

「内なる声？」

「ほうじょ。リクは野球が得意じゃろ？　ピッチャーやるとき、どうやって投げる球種を決める？」

「キャッチャーからのサインで、それがいいかどうか、最後はオレが決める」

「自分の中の決め手はなにえ？」

「それは……なんかわかんないけど、そんな感じがするっつーか。カーブ投げたくないときに、無理して投げていい結果だったことないし」

「ほういうこと。おまはんは自分に聞いて決めたってこと。内なる声に従ったんじょ」

「キラだってＭＩＮＡＭＯＴＯの声を聞けるだろ」

「ＭＩＮＡＭＯＴＯの大いなる声とは違うんじょ。内なる声とは、身体《からだ》からのサイン、ハートの囁きのようなもの。直感とでもいうかのぉ。おまはんはさすが優れた野球選手だけある。ほれはクリアできてる。ほなけんどキラは今まで人の顔色ばかりうかがって生きてきた。自分がどうしたいかよりも、人がそうするから同じことをするということをしてきた。ほんなことしとったら、内なる声を聞く能力は失われていく。キラは今、それを取り戻すか、死を選ぶかの瀬戸際におる」

「そんな……!? なんとかできねえのか！ 老師《ラオシー》ができないならオレがなんとかするから、どうしたらいいか教えてくれ！」

「残念だが、キラの運命を切り開くのはキラ自身じょ」

「あいつ、臆病で力も弱いし、MINAMOTOも力を貸してくれなかったら！」

ぎろりと、老師《ラオシー》がリクを見た。

その眼力の鋭さに、リクはぎくりと身を引いた。

「思考が現実になる。おまはんの想いがキラのサポートにも、邪魔《じゃま》にもなる」

「オレの心配がキラを追いつめてる……!?」

「おまはんの『怖れ』からの心配は、キラのネガティブな現実をつくる助けになるってこっちゃ。ほなけんど、彼の無事を祈る行為は『愛』からじゃ。祈りは心配をポジティブに昇華《しょうか》することができる。想いの強さが祈りじゃよ」

そう言うと老師《ラオシー》はメロンパンを抱えたまま消え去った。

リクはあっけにとられたが、素直に目を閉じた……。

とんびが、「くぅん」と啼いた。

意識が遠ざかっていく。

このまま死ぬのかな。キラの脳裏《のうり》にそんな思いが浮かんだ。

──寂しい……。ママ……。ママに逢《あ》いたい……。

川がキラキラ光り始めた。月光の反射だろうか。そう思ったとき、川面にママの花《か》梨《りん》が映った。スーパーの仕事を求めて面接に来ていた。履歴書を眺《なが》めていたオヤジがニコニコ顔で言った。

『あんた、シングルマザーだろ？　夜働ける？　うちは夜のレジ打ちがいなくて困ってんだよ』

オヤジの目線がねっとりと花梨の首筋をからみつくように下りていく。

『求人には昼間だとありましたけど？』

『だから何？』オヤジが意地悪く遮った。

『すみません、子どもがまだ小学生なものですから夜はちょっと……』

オヤジのぶしつけな視線に戸惑いながら花梨が答えている。

チッと音をたててオヤジが舌打ちした。

『これだから嫌なんだよ、コブつきの母親は。仕事なめてんじゃないの。なんで離婚なんかしたの？　外にコレができたとか？』

オヤジが左手の小指を立ててみせた。

『いえ……』

『かわいそうになぁ。あんたみたいな美人を棄《す》てる男の気持ちがわからんねぇ』

花梨が困惑すればするほど、オヤジの赤ら顔がテラテラと脂《あぶら》ぎってくる。

さも恩をきせるようにオヤジが続けた。

『いいよいいよ。特別に採用するよ。ひとりで子どもを育ててるなんて不憫《ふびん》だ。寂しいだろ。ひとりで夜を過ごすのは？』

『いえ、私には息子がいますので』

反論されたことが面白くなかったのか、オヤジが気難しい顔になった。

『あんたみたいな人がいるから困るんだよね。残業したくない、子どもが熱をだしたら休みます、そんなことばっかり当然の権利みたいに言ってくるんだよ』

『当然の権利だなんて……』

『ったく、仕事と子ども、どっちが大事だと思ってんだ。あんた、どう思う？』

花梨は背筋をただした。

『仕事はたいせつなものです。でも子育てと比較するものではないと思ってます。仕事を終え家に帰って子どもの顔を見ると、ふっと身体が軽くなる。子どもが仕事をがんばる力をくれるんです。そして仕事があるから子育てが安心してできる。どちらも、どちらかを犠牲にしてするものではないと……』

オヤジは、フンと不満げに鼻をならした。

『まぁなんでもいいよ、あんた美人だから。気が強そうなのもそそる。美しい花はとげがあるくらいがいいってな。今日から働いてくれ』

と、遠慮するのを放棄《ほうき》したように花梨の胸をじろじろ見始めた。

オヤジの身体から真っ黒い霧のようなものが出て、今にも花梨から出ているピンク色の霧をのみ込みそうだ。

キラはハッとした。

——これが闇の将軍タマスが聖櫃《アーク》を手に入れたときに起こることだ。

こんな意地悪なオヤジがどんどん繁殖していく。ママのように心がきれいで優しい人が汚されていく。

そんなこと……！　そんなことは絶対ダメだ！

僕を育てるためにがんばっているママ。僕のせいで大好きなダディとリコンした——。

僕は、この世に、なんのために生まれてきたのか。

今、ここで死んだら……僕の命は、青い髪のせいで嫌われ、イジメられ、人を不幸にするだけのものでしかない！　そんなの嫌だ！　ここにチャンスがあるのなら、僕は変わりたい！

キラはポケットから赤い石《ストーン》を取り出して見た。「恐」の文字がキラキラと月明かりに光っている。

何もできなかった自分が、この石《ストーン》は手に入れることができた。あのときの喜び。あれは挑戦した者しか体験できない特別なものだ。その思いがキラを立ち上がらせた。

よろめきながらも歩き始めた。

いつの間にか夜明けが訪れていた。山の向こうがほのかに紅《あか》く染まっている。

頬の痛みは相変わらずだが、同じくらいキラを痛めつけていた寂しさは和《やわ》らいでいた。お日さまはいつもキラの味方だった。どんな孤独な日でも見守り照らしてくれた。そのことに思い至ったとき、体の奥から深い感謝がこみあげてきた。

——ありがとう、お日さま。

そういえば、とキラは気付いた。昨日はお月さまが道を照らしてくれた。どんな過酷な状況でも差し伸べてくれている手がある。そのことに気が付かず寂しさでいっぱいになっていた。そういう目で見ると、木々も話しかけてくるように感じる。昨日はあんなによそよそしく、ひとりぼっちだと感じさせていた森がまるで家族のように迎え入れてくれる気さえする。

しばらく歩くと、また道が二手に分かれていた。

右は鬱蒼《うっそう》としたジャングルのような森。左は草原。

キラは目を閉じた。ライトボールの中で深呼吸する。

——どっちに進む？

自分に問いかける。

右に行くことを感じると身体が軽い。

頭の中で思考がごちゃごちゃ言い始めた。右はジャングルだ。またヘビがでるかもしれないぞ。

キラは左に行くことを感じてみた。なぜだか理由はわからないが、ずしりと重い感覚がする。もう一度右を感じてみると、胸がドキドキし始めた。

——どうしよう……。

キラは迷い始めたが、そのとき、花梨が言った『子どもの顔を見ると身体が軽くなる』という言葉が頭をよぎった。身体が軽いことはいいことだ、その感覚を信頼してみようと思えた。

驚いたことに、右のジャングルを進んでいくと、身体はますます軽くなってきた。ウキウキと弾んでいくような気さえする。

また分かれ道がやってきた。今度はあっさりと決まった。右へ行くことを感じただけで体がワクワク弾む。

少し進むと大きく目の前が開けた。湖が出現したのだ。

ふーっと、キラは大きく息をした。生き返ったように生命力が湧いてきた。

見ると、リクととんびが歩いていた。

「リク！　とんび！」

「キラ！」

わんわん！　わんわん！

キラは走った。

とんびがちぎれるかと思うほど尻尾を振りながら飛び跳ねるようにやって来た。

リクも駆けて来て言った。

「おせぇよ」

「心配させてごめん」

「おまえの心配なんかするか。石《ストーン》なくしたら困るから祈ったけど。神様もキリストだけじゃねえぞ、アマテラスから象のガネーシャまで、天使、女神、仏さま、一晩中思いつくもん全部に祈ったぜ」

そんなリクの目は寝不足で真っ赤だった。

キラは言った。

「リク、僕、どっちに行くかわからないとき、ワクワクするほうを選んだんだ。そうしたら正解だった！」

「Don't think. Feel! だな」

「え？」

「『考えるな、感じろ』。ブルース・リーが言ったんだ」

「ブルース・リー？」

「おまえ知らないの？　ケーブルテレビでしょっちゅう映画やってるじゃん。カンフーの映画スター。アチョー！」

リクが二本の小枝をヌンチャクに見立てて構えると、キラもリクの真似をした。恰好《かっこう》だけで強くなった気がするから不思議だ。

「アチャー！」

リクがキラに挑《いど》みかかるふりをする。

キラはさらりとかわして、リクに打ちかかった。

そんなことをして遊んでいると、楽しくて身体がますます弾んできた。

ワクワクワクワクワク。

老師《ラオシー》があらわれた。片手にメロンパンを抱えている。

「なんだよ老師《ラオシー》、まだ食ってないのかよ」

「こんなうまいもん、もったいないのぉて。ちびちび食べるんよ」

そう言った老師《ラオシー》がいきなりキラをギュッと抱きしめた。

「『ワクワク羅針盤《らしんばん》』が動きだしたな」

「ワクワク……らしんばん？」

「ほうじゃ。みんな、身体に持っておる。真実を選ぶと身体がワクワク弾む、ときめきを感じる、それが『ワクワク羅針盤』じゃ」

「うん。僕、ワクワクを選んだらここに来ることができた！　あ、そう言えば、ワクワクを無視して違うほうに進んだら崖から落ちてひどい目にあった」

「今まで他人《ひと》にあわせることばっかりしてきたけん、『ワクワク羅針盤』が鈍ったんじょ。ワクワクとドキドキは同じエネルギーじぇ。喜びを通して感じるとワクワクに、不安や恐怖を通して感じるとドキドキになるんじょ」

「だからか！」

腑《ふ》に落ちたようにキラが言った。

「道を選ぶとき、最初は身体が軽かったのに、不安になったらドキドキしたから迷っちゃった」

「練習じゃ。少しずつ最初は小さなことからでええ。バニラかストロベリーか、どっちのアイスクリームが食べたい？　ワクワクときめくほうを選ぶ。ときに失敗して学ぶ。失敗はチャレンジした者だけがゲットする知恵のもとじゃ」

「知恵のもと？」

「失敗するたび、経験値が高まるじゃろ？　ウォルト・ディズニーはイマジネーションがないからと新聞社をクビになり、アインシュタインは大学受験に失敗した」

老師《ラオシー》は一切れ、メロンパンをちぎって口に放りこむと、「エクスタシー！」と叫んだ。

――変なカエル。『普通』とはかけはなれてる。でも、変わっていてもいいのかも。

ふとキラは老師《ラオシー》を見て思った。

そのとき、上空からオレンジの石《ストーン》が落ちてきて、キラの手中にすっぽりと収まった。見ると「寂」という文字が光っている。

「ふたつめの石《ストーン》『寂しさ』じょ。第二のオレンジの石《ストーン》を与えられたら、人生の喜び楽しみを深く味わえるようになる」老師《ラオシー》が言った。

「またキラ⁉　ありえねえ！」リクが憤慨《ふんがい》した。

かまわず老師《ラオシー》が続けた。

「ワクワクにつながっていくと寂しさは癒《い》やされる。寂しいとき、惹《ひ》かれることをしたらええ。寂しさはあっさり消えるけん」

「オレは最初から克服する『寂しさ』なんか持ってない。それで石《ストーン》が手に入らないなんて理不尽《りふじん》だ！」

　わめくリクを見つめて老師《ラオシー》が「ほうかな？　本当のチャレンジは隠されたところにある」と意味ありげに微笑んだ。

「わかいしよ、怖いまま進め、怖《おそ》れは夢を邪魔しない」

　そう告げると、ふっと消えた。

　キラは掌《てのひら》のオレンジの石《ストーン》を握りしめた。湧き上がってきたのは達成感や喜びよりも、深い感謝の気持ちだった。

第三の石《ストーン》「黄」

湖の向こうにクイチピチュが見えた。湖は山のふもとまで広がっている。

キラとリクは湖を横切るのが早いと判断し、木を集めて筏《いかだ》をつくることにした。樹にからまっている蔓《つる》を取ってくると、編んで頑丈なひもにした。そして集めた木と木を縛った。大きな強くしなる葉っぱを何枚も重ねて束ねると櫓《ろ》になった。どちらも大変な作業でホントにできあがるのかと案じたが、なんとか筏が湖面に浮かんだときには、ふたりは飛び上がって喜んだ。

しかし簡単に組んだだけの筏はいつ沈んでもおかしくないような代物で、重量を軽くするために、リクはキラにランドセルを置いていけ、と迫った。

嫌だとはっきり言えないキラは、ランドセルを背負ったまま首を横に振った。

「どうして？　中に役に立つもんが入ってるわけじゃねえだろ？　オレが持ってきた食料も少なくなったし、この筏に乗ったら魚を捕《と》ることだってできる」

木の枝をカッターで削って銛《もり》をつくりながらリクが言った。

キラは懇願《こんがん》するように答えた。

「これはママが無理して買ってくれたんだ……」

「それはわかるよ。だけど、できるだけ重量を軽くして少しでも早く進まないと、湖の上は視界を防ぐものがねえから、タマスに見つかるキケンがある」

「どうしても筏で行かないといけないの？……ランドセルを捨てるのは……」

キラは拒絶《きょぜつ》の意味をこめてランドセルのベルトをぎゅっと握《にぎ》りしめた。これは、ママからのたいせつなプレゼントだというのもあったが、その背には「バケモノ」と書かれている。降ろしたら、その文字をリクに見られる。たとえ、それをリクが書いたのだとしても、目の前でそんなモノを見られたくない。

「しょうがねぇな……行けるとこまで行こう」

リクは諦《あきら》め顔で筏に乗った。キラととんびも乗り込むとぐらりと沈みそうになった。それをうまくふたりでバランスをとって、なんとか岸から湖に漕《こ》ぎ出た。

幸いなことに風はなく湖面は穏やかだ。これならなんとか、このおんぼろ筏でもしばらくは大丈夫だろうと、ふたりは櫓を漕ぎ続けた。突然リクが漕いでいた櫓を手離して、痛みをこらえるように左手を右肩に当てた。

「どうかしたの？」キラが尋《たず》ねたときだった。

筏の上に老師《ラオシー》があらわれた。とんびが激しく尻尾《しっぽ》を振って出迎えた。老師《ラオシー》を同類とでも思っているようだ。

「老師《ラオシー》、この筏ふたり乗りです。三人も乗ったら重量オーバーで沈みます」

「かんまんかんまん。沈んだらワシ泳ぐし」

「そういう問題じゃねえ！」

「けち！」

文句を言いながらも老師《ラオシー》は宙に浮いた。手にはメロンパンをまだ抱えている。

「タマスの手下のトカゲ男たちがまた大勢森に入ってきた。どうやらタマスは、誰もが入れるわけではない森の入り口の封印《ふういん》を解いたようじゃ。この森もタマスの闇のパワーで不穏《ふおん》な空気が満ちてきておる。早く、おまはんらのうち、どちらかが聖櫃《アーク》を手に入れんとまずいことになる」

深刻な顔で言うのだが、どうも抱えたメロンパンがミスマッチでマヌケな感じが否めない。

「この森でタマスが力をもっと、向こうの世界でも影響を受けるんじぇ。おまはんらの家族も大変なことになってるはず」

キラは花梨《かりん》が心配になったが、リクはふん、とバカにしたように鼻を鳴らした。

老師《ラオシー》は構わず続けた。

「おまはんらが勇者になるための強力な知恵を与える」

「どんな知恵ですか？」

「この前、現実は思考を反映したもの、それは、自分の周波数で現実を映し出すからという話はしたな？」

キラとリクは頷《うなず》いて続きを待った。

「ということは、夢をかなえたかったら、すでにそうなっている周波数を先取りしたらええということじゃ」

「周波数を先取り？」

「ほうじゃ。おまはんらがなりたいような夢の物語、ライフシナリオを書く。そしてその主人公として生きるんじゃ」

「どうやって書くの？」

「まず『ライフログライン』をつくる。『ライフログライン』とは、端的に自分の人生を言いあらわす一行じょ。たとえばココ・シャネルは『親に棄《す》てられ孤児院で育ち貧乏だったけれど、デザイナーとして大成功し、女性の自立に貢献した人生』じゃ。ひと言であらわすと、この概念を潜在意識に深く入れやすい。それを絶えず自分の脳に言い聞かせる。一行で言いあらわしたら、おまはんらの人生はどんなんがええんじゃ？」

「オレは……」

なんでもすぐに的確な言葉で答えるリクが珍しく口ごもった。

「キラはどうなん？」

「僕は……」

「夢物語でええんじょ。臆病《おくびょう》で青い髪がコンプレックスの少年が勇者になり、MINAMOTOとつながって好きなことをして生きるライフ、とか」

キラはギクリとして老師《ラオシー》を見た。老師《ラオシー》はキラの髪が青いこと、そして、それが原因で苦しんでいることを知っているのだ。

「青い髪？　なんだソレ？」

キラは慌てた。リクに青い髪のヒミツを知られたらと思うと怖くてたまらない。リクの質問を阻止するようにキラは言いかけた。

「勇者になって、勇者になって、それで……」それ以上が続かない。

老師《ラオシー》が呟《つぶや》いた。

「勇者になって、自分に自信を持って楽しいライフ」

「まぁ……そんなとこ、です」

キラは口をモゴモゴさせた。それは無理だろうという気持ちが強く、嘘《うそ》を言っているようで居心地《いごこち》が悪い。

「この前も教えたが、その居心地の悪さが、そうならないようにしとるネガティブな信念じゃ。根強くあるだろう？『僕はダメだ』『僕は劣ってる』『僕はバカだ』『僕なんか生まれなければよかった』……」

老師《ラオシー》が視線をリクに移したので、キラはホッとした。どうも老師《ラオシー》には何もかも見透かされている気がする。

「そのネガティブな信念を打ち破る方法がキャラになりきることじゃ。勇者になりきる。勇者ならどんな選択をするか？　どんな発言をするのか？　行動は？　食べ物は？　選ぶ友だちは？　勇者のキャラクターとして生活してみる。役者が役作りするようなもんじゃな。演じている役になりきる、そうしてその周波数になる。おじくそにはおじくその周波数があり、勇者は独自の周波数をもつ。ほなけん周波数を変えれば、おじくそでも勇者になれる。もちろん、傷ついたヒーローが元気になることもな」

とキラとリクを交互に見ながら続けた。

「周波数を変えるには、思考を変えるのもじゃが、行動を変える、発する言葉を変えるのが最も早い」

「行動を変える――」

「金持ちになりたかったら、金持ちが着とる服を着てみるんじょ。高かったら借りてでも着心地を自分のものにする。歌手になりたかったらステージの上に立ってみる。理想の家のショールームで住み心地を感じてみる。結婚して子どもがほしかったら、子供がいる友達をつくる。周波数を先取りする。ただそれだけで大きく現実をつくる助けになる。勇者の言動は？　勇者が『僕ダメです』『あかん、できん』とは言わんと思わんか？」

「思います」

キラは、老師《ラオシー》の教えてくれることがまるで「ごっこ遊び」のようで面白いと思った。

その気持ちを読んだように老師《ラオシー》が言った。

「周波数が物質としてあらわれるのは、地球が三次元やけん。この惑星《ほし》は、物質化のゲームができるワンダーランドじょ。何を考え、何を言い、何を行動するかで、自分の出すバイブレーションの周波数が変わる。すると、つくりだされる物事が変わる。ライフログラインを日々の指針にして、ワクワクを選べ。ほしたらライフシナリオ通りのときめく未来がやって来る」

キラとリクの心に自分の言葉が落ちていくのを確かめるように老師《ラオシー》はふたりを見つめた。

「わかいし（若者）よ、ときめきが未知なる夢をつれてくる」

そう告げるといつものように忽然《こつぜん》と消えた。

キラは固く心に誓った。できるだけ勇者として生きてみよう。演じているように感じるかもしれない。嘘くさくて嫌になるかも。だけど、それでも、臆病者のままでいるよりましだ。

「リク、昼ごはんに魚捕るんだったよね？」

「ああ……」

なぜかリクは言葉少なく目を閉じていた。

キラは、ランドセルを下ろし脱ぎ捨てたTシャツで覆《おお》うと、銛《もり》を持って、筏《いかだ》が転覆《てんぷく》しないようにバランスをとりながら立ち上がった。

「魚を捕《と》ってくる」

「おまえ、銛で魚捕ったことないから自信ないって言ってたじゃん」

リクが目をあけて不思議そうにキラを見た。

いつものように小さく縮みそうな肩を広げ胸を張り、勇者が言うように重々しい声で、キラは言ってみた。

「できるって信じる。僕は魚を捕る」

「勇者キャラになってやがる。たんじゅ〜ん」バカにしたようにリクが言った。

ひるみそうになる心をたてなおす。勇者はこのくらいの揶揄《やゆ》で態度を変えたりはしないだろう。

顎《あご》を上げてリクを見下ろすと「おいしい魚をきみにプレゼントするよ」と言って、

ザブンと湖に飛び込んだ。

キラは思った。なんてキザなセリフなんだ。そして楽しくなってきた。勇者の「役」だと思うと、なんだって言える気がする。いや、なんだってできるかも。

湖の水は冷たく濁っていて視界が悪い。キラの背中をゾッと悪寒《おかん》が走った。ふと止《や》めたいという衝動が起こったが、歯を食いしばって心の中で自分に言いきかせた。

「勇者は冒険を怖《おそ》れない」

湖上から見たときは、ときどき飛び跳《は》ねていた魚が全く見つけられない。一度浮上すると大きく息を吸い、さらに深く潜っていった。

水中でキラキラ光るものがゆらゆらと動いている。

何か魚が発光しているのかと近づいていった。その光っていたものがザブンと動いた。まるで大きな尾のようだ。驚いたキラは必死で浮上した。

「なんかいる！　でっかいヘビみたいだ！」

青ざめた顔のキラに、リクがからかうように言った。

「勇者はヘビなんかへっちゃらなんじゃねぇの。ヘラクレスは赤ん坊んときに、襲ってきた毒ヘビを笑顔で絞め殺したらしいよ」

「岸に戻るんだ！　あんな尾で飛ばされたら、こんな筏すぐに沈んじゃうよ！」

キラはいつものように臆病風に震えてリクに頼りそうになったが、ぐっと我慢した。

今弱音を吐いてしまうと、一生自分は変われない。そんな気がした。それほどまでに、たった短い間でも勇者としての言葉を発してみることで何かが変わる手応えがあったのだ。

——最初はふりでいいんだ。このまま演じてみる。

てきぱきと櫓を漕ぐキラを呆《あき》れたように見ていたリクも手伝い始めた。

「老師《ラオシー》のじいちゃんの言うこと、ホントだと思うか？」

リクがあまりに真剣な声で訊《き》くので、キラは彼の顔をマジマジと見た。

「キャラを演じるだけで、なりたいものになれるなんて信じられねえよ。そんな簡単だったら苦労はいらねえだろ」

「ホントかどうかはわからない。でも僕はやってみようと思う」

「なんでそんなに簡単に信じるんだよ？」

「だって……僕には何もないから。リクみたいに野球ができたり、クラスの人気者だったりするわけじゃない。この森に来なければ、ただの臆病者で、これからもそうだったと思う。それに成果がでなかったとしても何も損しないでしょ？」

言いながらキラは驚いていた。今までこんな風に自分の意見を言うことなどなかった。自分の感じること、考えることに自信がなくて、いつも言葉をのみ込んでいた。

キラはそんな自分の変化がうれしくて、ますます力が湧《わ》いてくる気がした。

「——『表現する』って、とてもパワフルなことなんだ。そういえば「行動」も「発言」も表現だ。ポジティブな表現をすると内側からパワーが倍増する気がした。「表現」は、老師《ラオシー》の言う「バイブレーション」を強くする効果があるのかもしれない。

　岸についたキラは、ランドセルからスケッチブックとクレヨンを出して絵を描《か》き始めた。表現したいという衝動が湧き出して止まらなかった。剣を持った勇者の自分と、指輪をしたママと、とんびが白い画用紙の上にあらわれていく。もちろん勇者キラの髪は黒い。勇者が青い髪のバケモノだなんてありえないだろ、とキラは心で呟いた。『ビジョン』という言葉がインスピレーションで湧いた。と、同時にふとマンゴーが食べたいと思った。

　キラは何かに導かれるように、美味《おい》しそうなマンゴーが樹《き》にたわわに実っている絵を描いた。

　するとどうだろう。見上げた樹に絵とそっくりのマンゴーがなっている。そういえば、老師《ラオシー》がこの森では思考の現実化がとても早いと言っていた。

「リク、ほら、あれ見て！」

　マンゴーを指さしてMINAMOTOからの知恵をリクとわかちあおうとした。しかし絵を見たリクがぼそりと呟いた。

「うぜぇんだよ」

「え？」

「二個石《ストーン》手に入れたからっていい気になって。おまえみたいな臆病者が勇者になれるんだったら、オレの夢なんか簡単にかなうはずだ」

「うん、そう思うよ！」

リクが皮肉にからんだのに、キラが目を輝かせて言った。

「当たり前だよ！　思考が、心が、現実をつくるんだもん。リクが心から決めたことは必ずそうなるよ！」

「……信者かよ。老師《ラオシー》の」

構わずキラが提案した。

「やってみようよ！　リク、きみのライフシナリオは何？　ライフログラインはどんなもの？　医者の息子として生まれたが、野球の才能に恵まれたプロ野球選手？」

「うるせーっ！」

リクがあまりに激しく叫んだので、キラは驚いた。

「ほっといてくれ！　自分のことは自分でできる」リクは背を向けた。

キラは、そのリクの背が驚くほど小さく見えるのに戸惑った。

どんなこともキラより優れているリク。なんでもできると思ったヒーロー。その彼が何かに苦しんでいる。声をかけたいが、どうやってかけたらよいかわからない。

キラはマンゴーをもぎとり始めた。リクも黙って手伝った。

マンゴーはランドセルとリュックにいっぱい詰めてもまだたくさん実っていた。

「凄《すご》いよね。想像しただけで、こんなにフルーツが手に入るなんてさ」

感動しているキラをリクが遮《さえぎ》った。

「オレは信じられない。考えを変えてもぜんぜん効果ないし」

キラは首をかしげた。自分もまだ完全に信じられないからこそ、リクも信じられるくらいの奇跡を起こしたい。

キラはスケッチブックに絵を描き始めた。ランドセルが噴射してロケットになる。

そしてキラはそれに乗って空を飛ぶのだ。

その絵を見たリクが鼻で笑った。

「そんなおとぎ話みたいな乗り物が実際にあらわれるかよ」

「今度は山盛りメロンパンの絵を描いてくれんか」

また老師《ラオシー》が出現した。

「ビジョンの絵を描いて脳に焼きつけることは、想いを現実化するのに有効なんじぇ」

「老師《ラオシー》、あんた、MINAMOTOの使いだろ？　神様の一種みたいなもんだろうが！　キラに頼まなくたってメロンパンくらいつくりだせんだろ！」

「できんのよ。ほれが……」と、ほとほと哀《かな》しそうに老師《ラオシー》が嘆《なげ》いた。

「自分の欲望のためにパワーは使われん」

「ふーん、不自由なんだな。しっかし、マジで効果あんのかよ。キャラを演じてもなんも起こらねぇし」リクが不満をぶつけた。

「肩か――」老師《ラオシー》が眉《まゆ》をひそめた。

リクが顔をそむけた。

キラは気づいた。リクは右肩を痛めているのだ。右利きなのにバットも櫓も左手で持っていたのは、右肩をかばうためだったのか。

「肩が治ったビジョンは見た？」

思わずキラが口をはさんだ。

「見たよ！　ライフシナリオも書いたし、ライフログラインもつくった。肩が治った演技もしたよ！　言われたことは全部やったつの！　けどぜんぜんよくならない！　このままじゃ、全国大会で優勝なんか絶対ムリだ！」

リクのチームは次が全国大会の決勝戦だ。それに勝てばアメリカ、ペンシルベニア州ウィリアムズポートでの世界大会に駒を進めることになる。これまでリクの活躍で勝利をつかんできたのだ。彼の故障はそのままチームの敗北を意味していた。

「リク、おまえの肩はそれどころじゃないはずだ」

老師《ラオシー》がいつになく厳しい声で言うとリクはうつむいた。黙って顔を上げようとしない。

「おまはんの肩はムリをしたらひどいことになる。すぐに手術を受けるようにと言われたはず」

「わかってるよ！　ああ、わかってる!!　オレの肩はいかれてる！　このままだと肩から腕を切り落とすんだって！　ンなことバレたら先発から降ろされる！　そんなのありかよ！　老師《ラオシー》のじいちゃんよ、現実は自分の心が映し出してるんだろ！　オレはこんなこと願ってもない！　オレの夢はプロ野球選手だ。ちっちぇえときから、すべてを捨てて野球だけにかけてきたんだ。こんなことでやめさせられてたまるかよ！」

ずっと我慢していた感情が爆発した。

老師《ラオシー》が目を細めた。厳しさに優しさが滲《にじ》んで見える。

「リクや。おまはんは、今は肩が治らんほうがええんじゃ」

「え⁉　なんで⁉　オレは全部失うんだぞ！」

「想いが現実化しないのは、しないほうがいいときだけじょ。時期が違うのか、そのこと自体が真実ではないか、どちらかじゃ。治らないほうがお前の魂の学びになるとMINAMOTOが判断したんよ」

「なんの学びだよ！　そんな学びいらねえよ！」

「今はわからんかもしれん。しかしな、世に言われる『不幸』は『幸せ』への道しるべじょ。『幸せ』は『不幸』の顔をしてやって来ると言うてもええ。おまはんの魂は大きな学びをして、想像することもできない高みまでつれていってくれる。あとになって、あれがなかったら今の自分はなかったと感謝するほどのできごとになる」

「そんなもん、オレはいらねぇし！　野球さえできたら！　それ以上の幸せなんてこっちからごめんだ！」

リクは怒って老師《ラオシー》を睨《にら》みつけた。

キラも、リクのためになんとかしたくて口をはさもうとした。しかし、いつものように言葉だけを残して老師《ラオシー》は忽然と姿を消した。

「わかいしよ、怖がりながらも進め。夢は必ず目を醒《さ》ます」

「くそっ！」

リクは左手に持っていたマンゴーを思いっきり地面に投げつけた。

柔らかなふっくらした果実がつぶれ、木端微塵《こっぱみじん》になった。まるでリクの心のようだ、とキラは思った。

「ひとりにさせてくれ」

リクは背中でそう告げると森の中に入っていった。

とんびが「くぅん」と啼《な》いて後ろ姿を見送る。

荒い足取りのリクを見送って、キラはスケッチブックを広げ新たに絵を描き始めた

――。

リクはやりきれない気持ちで森を歩いていた。今まで同級生の中ではなんでも、誰よりも優れていた。しかしこの森では今までのやり方では通用しないようだ。石《ストーン》はすでに二個もあのどんくさいキラに取られてしまった。このままだと聖櫃《アーク》も奪われてしまうのではないかと焦りが募《つの》る。

リクはしゃがみこんで頭を抱えた。

森の静寂が体にしみ込むようだ。

帰って野球がしたいなぁ、とリクは心からグラウンドの喧騒《けんそう》を恋しく思った。しかし聖櫃《アーク》を手に入れない限り、自分には野球を続ける未来はないのだ。それは日ごと増してくる肩の痛みが告げている。

肩に大きなしこりがあるのを見つけたのは二週間前のことだ。かなり前から痛みがあったが、投球数が増えてムリをしたせいだと思っていた。しかし小さかったしこりは驚くほどの速度で大きくなっている。両親が経営する病院には行かず、横浜《よこはま》まで高速バスに乗って行き診断を受けた。親には絶対に知られてはならなかった。

一昨日結果が出た。しこりは腫瘍《しゅよう》で、珍しい病気だと難しい顔で医師は告げた。病名を言われたけれど覚えられなかった。「すぐに親に連絡しなさい。このままだとどんどん腫瘍は大きくなる、すぐに手術が必要だ」と脅しのように言われた。もちろん野球は禁止だ。そう言われても、リクは死んでも試合に出ると決めていた。リトルリーグの全国大会で優勝し世界大会へ出場したら、野球を続けることを反対している父親の気持ちを変えられるかもしれない。そのうえ、世界大会はプロのスカウトも注目している、夢に近づく一歩、大きなチャンスなのだ。

——しかし、こんな肩で果たして投げきれるのか。

ふと気配がして顔を上げると、黒いマントをつけた者が立っていた。顔の上半分を真っ白な仮面が覆っている。仮面にあいた穴から、ぞっとするほど冷たい目が覗《のぞ》く。

仮面の下の口元が動いた。

「リク、迎えに来た」

「……あんた誰？」

「私はタマス」

「タマスって闇将軍の!?」

「そう呼ぶ者もおるようだ」

「オレになんの用？　オレとあんたは聖櫃《アーク》を狙う敵同士のはずだけど？」

リクはとことん投げやりになっているせいか、世界を制する闇将軍と噂《うわさ》される相手を前にしても恐怖心がまったくなかった。

「おまえは敵ではない。私たちの側に立つ者だ」

「なんだって？　オレ、悪とか興味ねぇし」

「本当にそうかな？　嫌い憎み奪う。おまえがいつもやっていることじゃないか」

「なんだと⁉」

「勝ちたい、認めさせたい、ひれ伏せさせたい。おまえが常にもっている願望だ。おまえは、それをエネルギーにして野球も勉強もすべてに打ちこんできたはずだ」

「なんか、おまえが言うと、そういう努力まで悪に聞こえるから笑えるわ」

「悪のどこが悪い？　欲望はより高みに連れていってくれるエンジンだ。それに忠実に従った者こそが早く成功する。私と一緒に来い。力を分け与えよう。そうしたら、おまえの実力をもってすれば、野球を通して世界中の人心を征服することなど簡単だ」

「なんでオレみたいなガキ誘うかな？　マジでナゾなんだけど」

「もうひとりが持っている石《ストーン》を奪ってくるのだ」

「自分で奪えば？　オレ、あんたのパシリになる気ないし」

「いいのか、おまえはこのままだとずっと兄の影……いや、野球ができなくなったら、おまえこそ、一家の恥になりさがる」

「……！　なんだよ！　おまえに何がわかる！」

マントの奥から低い声がした。

「私にはわかる。おまえの憎悪が私を呼ぶからだ」

「憎悪!?」

「そうだ！　すべてが素晴らしい兄に比べて、なんと劣った弟よ」

「なんだと!?」

「私が言ったのではない。おまえの両親がいつもおまえに言ってることだ。おにいちゃんを見習いなさい。おにいちゃんはこんなこと簡単にできたのに、リクはなんでできないの？　おにいちゃんは医大に入って医者になるの、あなたは野球なんかやってどうするの？　おにいちゃんは、あなたの頃には、ああだった、こうだった。おにいちゃんは……」

「やめてくれ！」リクは耳をふさいで叫んだ。

「おまえが野球にしがみつくのは、それだけが兄を超えられることだからだ。親の望む医者になることに疑問すらもたず、日本一偏差値が高い高校のトップを軽々と維持する兄に対抗するために、なんとしても日本一にならねばならないのだろう。私と力をあわせれば、くだらない兄との競争など簡単に終わらせられる。おまえが望むように、兄や、おまえを愛さない両親に罰を与えよう」

　リクが顔を上げて、真っ赤に充血した目でタマスを見た。

「オレは別に兄貴を超えたいなんて」

否定するリクを仮面の奥の目が刺すように遮った。

「思っていない？　兄に嫉妬《しっと》し、その暗い炎で兄を焼き殺したいと思ったことがないとでも？」

リクの顔が死んでも隠しておきたいヒミツを暴露《ばくろ》されたかのように引《ひ》き攣《つ》った。

仮面の口元がさもおかしそうに歪《ゆが》んだ。

「オレは……オレは……兄貴が」

「好きか？」

言葉が続かないリクに鋭く切り込んで言った。

「おまえはもっと認められるべき人間だ。私が導く」

「オレは……」

「いいのか、このままだとおまえは兄に負けたまま、一生アイツの引き立て役だ」

リクの顔が怒りで真っ赤になった。拳《こぶし》をギュッと握りしめる。その瞬間をタマスは見逃さなかった。リクの手を取り両手で包んだ。

「行こう」

今までの厳しさが嘘のように優しくリクの身体《からだ》を立たせると一緒に行こうと誘《いざな》った。

「リク！」

その声に振り返ると、キラがまっしぐらに駆《か》けてくるのが見えた。

タマスは懐《ふところ》からピストルを取り出すと容赦《ようしゃ》なくキラに向かって引き金を引いた。

バンッ！

――キラが倒れた！

「キラ！」

駆け寄ろうとするリクの腕をタマスがつかんで離さない。細いその腕のどこからそんな力がでてくるのか、強靭《きょうじん》な力でリクを引っ張って連れ去ろうとする。

「待て！」

キラが起き上がった。銃の弾がランドセルの金具に当たりキラを守ってくれたのだ。

突然、ランドセルの底が噴射すると上空に舞い上がった。キラは驚いてランドセルから手を離しそうになったが、それはキラがさっき絵に描いた通りだった。振り落とされないように、必死でランドセルにつかまるキラを狙って、タマスが何発も撃った。

「やめろ！　当たったら、あいつ死んじまう！」

そう叫ぶリクの耳元でタマスが囁《ささや》いた。

「死んでしまえばいい。そうすれば石《ストーン》はおまえのもの……おまえこそ勇者になるべき選ばれし者」

「やめてくれ！」

リクはタマスの腕を渾身《こんしん》の力をこめて振りほどいた。

タマスの低く怪しい声を聞き続けていたら頭がおかしくなりそうだった。

「なるほど、偽善者め」

冷徹《れいてつ》な目でタマスがリクに銃を向けて撃とうとした。

ランドセルにぶら下がったキラが上空からマンゴーをタマスに投げつけた。マンゴーは仮面の上で潰れて、果汁が穴の奥の目にまで飛び散った。

バンッ！

猛烈な銃声がしたが、弾はリクからそれた。

リクは森の奥に逃げ込んだ。

キラは次から次へとマンゴーをぶつけた。

「おのれ！　おまえ絶対に許さない！」タマスが叫んだ。

そのとき、雷鳴がとどろくと強烈な稲光が起こった。すぐそばの樹《き》に落雷したのだ。土砂降りの雨が降ってきた。風も強くなってくる。嵐だ。

「これは私に感応した嵐だ！　私が怒ると世界を滅ぼす！　覚えておけ。おまえ、ただではすまさない！」

タマスは低く怒りがこもった声で言うと、どこからともなくやって来た四輪駆動の車に乗りこんだ。

キラは、去りながらこちらを見るタマスの目を見た。あまりにも激しい憎悪を宿していて背筋が凍るようだった。

地上に降りたキラの足は血まみれだ。飛び散った弾の破片が刺さっている。

「う……」

痛みに顔をしかめるキラのまわりをとんびが心配そうにうろつく。

リクが駆けてきた。

「まさか怪我《けが》したのか⁉」

「そうみたい」

痛みをこらえて笑ってみせる。

リクが「バケモノ」の文字にちらりと目をやりながらランドセルを拾うと、「乗れ」とキラに背中を差し出した。

「え？」

戸惑うキラにリクが言った。

「おんぶしてやる」

キラは一瞬迷った。同級生にこんなに親切にしてもらうことなどなかった――。

心に問うた。

――勇者ならどうする？

『勇者は、人の助けを遠慮なく受けとる』心が言った。

キラはリクの背中に乗った。

リクが歩き始めた。

嵐がますます激しくなっていく。

しかし、キラの心はあたたかかった。人の助けを受けることは、心をあたたかくするのだな、と思った。


とんびが導くように吠《ほ》えるので、ついていってみると洞窟があった。

幸運にも薪《たきぎ》になりそうな乾いた木の枝がたくさん転がっている。リクは手際よく火をつけると、ずぶ濡れになった洋服を脱いで乾かすようキラに言った。そしてリュックの中のペンケースからピンセットを取り出した。

「弾の破片を取るから痛いと思うけど……」

キラは青ざめた顔で頷《うなず》いた。

「マジでびっくりした」

リクが真剣な顔で弾の破片を丁寧に取り除きながら呟くように言った。

「まさかランドセルが飛ぶなんて、魔法の森でもありえねえだろ」

「僕もびっくりした。でもあれで助かった……」

キラは膝に抱えたランドセルをそっと撫《な》でた。

「どうして助けたんだ、オレのこと……?」

リクがわざとキラの顔を見ずに訊いた。

「おまえ死んだかもしれないんだぞ。なのになんで……!?」

「理由なんてないよ。ただ助けなきゃって思ったら体が勝手に動いたんだ」

「怖くなかったのか?」

「不思議だな……」

キラは心から不思議そうに言った。

「必死だったからかなぁ、ちっとも感じなかった」

「おじさんのくそじゃなくなったんだ」

「え?」

「老師《ラオシー》が言ってただろ。臆病者のこと、おじくそだって」

「ああ! ほんとだ! 僕から、おじさんのくそが取れた!」

キラとリクは目をあわせた。リクがプッと噴《ふ》き出すと、キラも笑い始めた。ふたりは意味もなく腹を抱えて笑った。あんまり笑ったので傷ついた足が土にふれて、キラは「いたっ!」と顔をしかめた。それもなんだか、おかしくて、また笑った。あまりに緊迫したドラマチックな状況から解放されて頭のネジが緩《ゆる》んだようだ。

「キラ、おまえは足が治った絵を描けよ。絵を描いたら実現するのが早いんだろ。オレもイメージするから」

「リク……？」

「ビジョンっつーの？　ひとりで見るより、ふたりで見たほうが効《き》きそうじゃん」

「うん。すぐに治る。僕にはわかる」

「おまえ、単純だな」と言ったあとで、リクは改まった声になった。

「だから、おまえはすぐに効果があるのかもな」

「え？」

「単純に信じるだろ？　だから効果も早い。思ったことが現実にあらわれるなら、疑いがあるより100パーセント信じたほうがパワフルだってことだろ？」

「あ、そうだよ！　きっとそうだ！　僕、100パーセント信じてるよ」

そう言って、キラはスケッチブックを広げてみせた。リクがひとりになりたいと言って森に立ち去ったあとに描いた絵だ。そこにはリクの姿が描かれていた。ウィリアムズポートの世界大会で投げているリク。その肩は剛速球を投げるように勢いよく振られている。病気の形跡など微塵もない。

「キラ……」

リクがかすれた声を出した。

「なんだよ、こんなこと……すんなよ……おまえがこんなことしたらオレ……」

リクはキラに顔が見えないようにそっぽを向いた。

涙があふれそうになるのをごまかすように、せっせと薪を火に加えた。

ごぉーっと燃え上がる。

その火を見つめてリクが言った。

「キラ、おまえの上履き隠したり……ランドセルのいたずら書き……オレがやったと思ってんだろ？」

突然の問いかけに驚いたキラは答えられなかった。

沈黙が肯定《こうてい》を告げていた。

「オレはやってない。けど」

そう言うと、キラの前に正座して頭を下げた。

「悪かった。オレは傍観者《ぼうかんしゃ》だった。止めないのはイジメと同じだ。最低だオレ。本当にごめん」

キラは喉《のど》がつまって声が出なかった。地面につくほど下げたリクの頭がぼんやりと滲《にじ》んで見える。キラはゴシゴシ目をこすった。何か言うと涙があふれてしまいそうだ。

とんびが何かを感じたのか、キラとリクの顔を交互にぺろぺろなめた。

リクがハンカチを出してカッターナイフで切り裂《さ》くと包帯をつくった。キラの足に巻いていく。キラの足はところどころ、ひどく裂けていた。

「こんなになって……痛いよな……」

リクは、自分のほうが痛みを噛《か》みしめるように言った。

キラは、その思いやりがありがたくて痛みが和《やわ》らぐようだった。

「ごめんなはれ」

声がして老師《ラオシー》があらわれた。

いつもの飄々《ひょうひょう》とした調子にリクが噛みついた。

「何してたんだよ！　じじぃ！」

「これこれ。じじぃとは、仮にもＭＩＮＡＭＯＴＯの使いじょ、ワシは」

「キラが死にそうだったんだぞ！　タマスがピストルで撃ったんだ！」

「知っとう」

「知ってる⁉　黙って見てたのか⁉」

「ほうじゃ」

「なんで⁉　あんたが助けてくれたらキラはこんなケガしなくてすんだんだぞ！」

「この前も言ったが、ワシが手出しをしたら、おまはんらは勇者になる資格を失う」

リクは爆発しそうな怒りをぐっとのみ込むように口を閉じた。

老師《ラオシー》は続けて言った。

「ほれにな、ワシはタマスとは同じ空間にいることができん」

「どうしてですか？」キラが不思議そうに口をはさんだ。

「タマスはあまりにも周波数が荒々しい。ワシのは繊細だ。あまりにも違う周波数の者とは一緒にいることはできんのじぇ」

「でも僕たちはタマスと会いました」

「おまはんらには、タマスに同調できる周波数があるんじょ。憎しみ、恨み、支配欲、そんなもんがな」

キラとリクは黙ってしまった。確かにそうだったからだ。自分たちの中には老師《ラオシー》が指摘するようなネガティブな感情が渦巻いていて、聖なる心だけではない。

「ほなけん周波数は大事なんじょ。悪の周波数の強烈な者と一緒にいると、自分の中のその部分が引き出される。増幅していくんじゃな。反対もしかり。優しい人と一緒にいたら、自分の中の慈悲《じひ》が共振されて出てくる。ほれは物理的なことも同じじゃ。豊かな人は独特の周波数を持っている。ということは、つまり、豊かになりたければ、そういう人と一緒にいることじゃ。その周波数になりきる。ほしたら、自分から発するバイブレーションの周波数が豊かになって、そういう現実がたちあらわれるという仕組みじょ。それが今朝教えたキャラクターを演じるということなんじゃがな」

老師《ラオシー》は一気にしゃべったので息が切れたのか、フーッと息を吐《つ》いた。

リクが立ち上がった。

「老師《ラオシー》に頼れないことはわかった。だったらオレが聖櫃《アーク》をタマスから守る。あんなやつに世界を支配されると思うとぞっとする。弱みや欲望につけこんで人の心を操ろうとするなんて！　オレがみんなが幸せに生きられる世界をつくる」

キラは、胸を張ったそのリクの姿を美しいと思った。なんて勇気に満ちているのだろう。

――「勇者の周波数」があるとしたら、今のリクがそうではないのか！

「でかしたのぉ」老師《ラオシー》が目を細めた。

上空から黄色い石《ストーン》がふわりふわりと揺らぎながら落ちてくると、リクの手の中に吸い付くように入った。

驚いたリクが掌《てのひら》を広げてみると、石《ストーン》から「怒」の文字が輝いて浮き出た。

「これは……どういうこと⁉」

「第三の石《ストーン》、『怒り』じょ。リク、おまはんは怒りの、その質を変えた」

「質を変えた？」

「それを変容《へんよう》と言う。怒りを原動力にすることを学んだんじょ。怒りという感情を人は嫌ったり、その感情のせいで人を傷つけたりもする。扱い方によっては危険なものだ。ほれだけにエネルギーは莫大《ばくだい》だ。しかしそのエネルギーをうまく使えば、何よりもパワフルな目的を遂行する力になる。そして第三の黄色い石《ストーン》は、他人と自分への信頼を取り戻させる効果があるんじょ」

ハッと驚いたようにリクが老師《ラオシー》のほうを向いた。

「もうオレの怒りは人を傷つけることはないってこと？　オレ、いつか、爆発するんじゃないかって心配だった……」

「リク、おまはんは怒りをコントロールする術《すべ》を学んだ。そのエネルギーを抑える必要はない。嫌って抑えるから爆発する。ほなけんど、上手に変容させれば誰にも向かえへん」

「よかった……」リクが心から安堵《あんど》のため息を吐《つ》いた。

「オレ、兄貴と比べる親たちや、オレを時々バカにする兄貴にものすごく腹がたつことがあって、傷つけてしまうんじゃないかって……どうしたらいいかわからなくて自分自身が怖かった……」

キラは、リクがそんな心配をしていたことに胸がつまった。そしてしみじみ思った。キラから見たら完璧なリクが兄に対して劣等感を抱いている。それは両親がふたりを比較しているからだろう。

——人は比べられ劣っていると思わされたとき、ダメだという烙印《らくいん》を自分に押すのかもしれない。

もしも世界中の人たちが青い髪だったなら。
いや、日本人の3分の1でもそうだったら。
ダディは青い髪の僕を嫌わなかったかもしれない。
そうしたら、僕は自分のことを好きでいられたのだろうか――。
『自分のことが好き』
心に湧いた、その言葉に、キラは戦慄《せんりつ》した。
――そんなこと今まで考えたこともなかった。
人に嫌われ、自分でさえも嫌っているのが今までだったから。
旅は確実にキラを変えていた。
そしてリクを強くしている。
ふたりを成長させているのだ。
しかし、成長は大きければ大きいほど痛みが伴う。
身長が伸びるとき、「Growing Pains」という激しい痛みがでるように。
何かの予感がキラにそう告げていた――。

第四の石《ストーン》「緑」

嵐が通り過ぎると、キラの足の傷は跡形もなく治っていた。まるで奇跡のようだった。確かにこの森では思考が現実になるのが早いようだ。

キラの足がすっかりよくなったのを見て、リクは跳び上がって喜んだ。しかし自分の肩をまわしてみて表情をくもらせた。リクの肩には奇跡は起こらない。老師《ラオシー》が言ったように、リクの肩は今は治らないほうがいいのか？　そんなことを言われても、とうてい受け入れられるものではない。人は辛《つら》く苦しいことを、できるだけ早く取り除きたいものなのだ。

老師《ラオシー》は、「『苦悩』を『成長の糧《かて》』だと受け入れる覚悟があったら苦しみの半分は消える」と言ったが、キラは、今のリクにそんな言葉が慰《なぐさ》めになるとは思えなかった。

キラとリクととんびはクイチピチュの方角に向かって歩みを進めた。

距離は近づいていたが、道のりは険しくなった。

森の奥に進むにつれて道がなくなっていく。

ふたりは枝をかき分けかき分け、密林を進んでいった。あまりの難所に口数が少なくなった頃、薄暗く少しの光も射さない湿気に満ちた森がいきなり開けた。目の前にどこまでも続く赤茶けた土の平野が広がっていた。

奇妙なことに、その広原にはあらゆるところに、ゴッゴツした大きな岩や柱のような直方体の高さのある石やコンクリートの塊《かたまり》、鉄製の巨大な球体が並んでいた。石や岩の天然のものがあるのはよしとしても、コンクリートや鉄のような人工物があるのは誰かがここに運んできたとしか考えられない。

――いったい誰が？　なんのために？

キラとリクは首をひねった。

そのときだった。はるか向こうから女の悲鳴が聞こえた。

とんびが走り始めた。キラとリクも駆《か》けつけると、褐色《かっしょく》の髪の十四、五歳の白人少女が五匹のトカゲ男に囲まれ腕をつかまれていた。

「Aiuto!（助けて）」ふたりに気付いた少女がイタリア語で叫んだ。

「その子を放せ！」

リクがバットを振り回して、トカゲ男たちの中に突っ込んでいく。とんびも歯をむき出し威嚇《いかく》しながらトカゲ男たちに迫った。しかし奴《やつ》らは執拗《しつよう》だ。少女を拉致《らち》しようと引きずっていく。

トカゲ男たちが大きな肉切包丁を振り回すので、リクは自分の身を守るだけで精いっぱいで少女に近づくこともできない。

キラは武器を何も持っていなかった。急いでスケッチブックを広げると、自分が機関銃をぶっ放している絵を描《か》いた。

しかし、いくら待っても機関銃はあらわれない。

――なぜ⁉

今まで絵に描いたことで実現しなかったのは、リクの肩が治ることだけだ。ほかのことは全部実現したのに！

脳裏《のうり》に老師《ラオシー》の言葉が蘇《よみがえ》った。

「想いが現実化しないのは、しないほうがいいときだけじょ。時期が違うのか、そのこと自体が真実ではないか、どちらかじゃ」

機関銃が僕にとって真実ではないということか。確かに銃で誰かを殺すなんて、考えただけでぞっとする。

キラは瞼《まぶた》を閉じた。目の前で繰り広げられるリアルな現実に影響され焦らされることを避けるために。

ライトボールをイメージした。

丹田で深い呼吸をする。

自分の中の静けさとつながる。

そうして自分に問うた。

——どうする？　勇者なら、こんなとき？

トカゲ男の肉切包丁がビュンと切れ味のいい音をたてて、キラの頭上に振り下ろされた。

その瞬間、ひらめいた。

肉切包丁がガシッとキラの座っていた石を打った。石が粉々に飛び散った。

間一髪、キラはランドセルを噴射させて空高く舞い上がった。

眼下では、トカゲ男と闘《たたか》うリクの背後から別のトカゲ男が今にも襲いかかろうとしている。

キラはその頭上めがけて急降下した！

トカゲ男の頭をランドセルで強打する。

「シヌーッ！」トカゲ男は金属音めいた奇妙な叫び声をあげながら倒れた。

リクも負けじとバットでトカゲ男の背を打った。その足元にとんびが嚙《か》みつく。

キラは次から次へ、トカゲ男たちにランドセル頭突き攻撃を繰り返した。

上空から高速度で落ちてくるランドセルの攻撃にビビって、トカゲ男たちはバラバラと逃げだした。

トカゲ男たちから解放され気持ちがゆるんだのか、少女がふっと気を失って倒れそうになった。キラは咄嗟《とっさ》に駆けつけると少女の身体《からだ》を支えた。

少女は青ざめていたが、キラをしっかりと見返した。おびえたまなざしの中にも凛《りん》とした意志の強さを感じさせる。とても怖い想いをしたはずなのに、もう顎《あご》を上げて背筋が伸びている。強靭《きょうじん》な精神力の持ち主なのだろう。

「大丈夫？」

少女は頷《うなず》いて、「Tutto bene, Grazie」と言ったあとで流暢《りゅうちょう》な日本語に切り替えた。

「助けてくれてありがとう。あなたたちの勇敢《ゆうかん》さをリスペクトします」王妃のように威厳をもって頭を下げた。

リクもとんびを連れて少女に歩み寄った。

「どうしてトカゲ男たちはきみを拉致しようとしたの？」

「聖櫃《アーク》の在《あ》りかを知ってると思ったみたい」

「きみが⁉　知ってるの？」

キラが尋《たず》ねると少女が頷いて言った。

「わたし、聖櫃《アーク》のことは二年かけて調べたから。あなたたちも聖櫃《アーク》を探しに来たのね？」

「ああ。きみは、まさかひとりで⁉」

リクとキラは、この少女がひとりで自分たちのように危険な冒険をしてきたのかと思って驚いて目を見合わせた。

「昨日ニューヨークのセントラルパークに入り口を見つけたの。見つけるのに何か月もかかったのよ」

「ニューヨークから来たの!?」

キラは意外な想いで尋ねた。

ニューヨークはダディの故郷だ。針でちくりと胸を刺されたような痛みが走った。ダディがいなくなってから何年も経つというのに、いまだにダディに関係したことに遭遇すると胸が痛む。

「イタリアからニューヨークの中学に留学してる、エリカよ、よろしく」

エリカは名乗りながら首をかしげた。存在感のある眉《まゆ》に、すっきりと通った鼻梁《びりょう》、そして形のよいとがった顎が、ひときわ魅力的な目を引き立たせるように美しく配置されている。

「イタリア人なのに日本語しゃべれるの？」リクが訊《き》いた。

エリカは頷いて、

「語学を学ぶのは好き。千利休《せんのりきゅう》に興味があって勉強したの」と言った。

「オレはリク」

「僕はキラです」

ふたりも自己紹介をすると、エリカがキラを見つめて言った。

「あなたのランドセル、超クールね。どこで手に入れたの？」

エリカの視線があまりにまっすぐで、キラは直視できず目をそらした。近寄りがたいほど華やかでありながら、どこか親しみやすいチャーミングさをあわせもつ。そのギャップが意外で胸がときめく。

「え、絵を描いたんだ」

キラは緊張して言葉が続かない。

リクが助けるように説明を続けた。

「この森では思ったことが現実になりやすいそうなんだ」

「やはりそういうことね」

エリカは興味深げに続けた。

「絵に描くのはビジョンの視覚化でしょ。そうすると脳にインプットされるから現実として早くあらわれるんだわ」

「すげーっ！　エリカってなんでも知ってるんだね」

「物理学に興味があるだけ。その絵見せてもらってもいい？」

キラは一瞬ためらったが、ランドセルからスケッチブックを取り出すとおずおずと広げて見せた。

それには葉山《はやま》の風景もたくさん描かれていた。ほとんどが海と、海の向こうに見える富士山《ふじさん》を描いたものだ。異端な色使いで感じるがままに描いた絵。海が黄色からグリーンのグラデーションで、紅《あか》いイルカが飛《と》び跳《は》ねていたりする。富士山は紫から青く裾野《すその》から色が変わっていく。ときに黒いものもあった。

「不思議な色ね……」

スケッチブックをめくりながらエリカが言った。

「やっぱり変だよね」

おそるおそるキラは尋ねた。

「うん変！　こんなの見たことない！」

「黄色い海に黒い富士山！　ありえねーっ！」覗《のぞ》きこんだリクもエリカに同調している。

「もう返して」

ふたりの批評に耐え切れなくてキラはスケッチブックを閉じようとした。

「キラ気づいてる？　あなたは天才だって」

「は？」

——何言ってるんだ？　僕が天才……？

「こんな素敵な絵、見たことない！」

「でも、みんな変だって……」

キラは口をもごもごさせて言った。エリカの前では、なぜかことさら緊張してしまう。

「変は変よ！　だけど変って素晴らしいことよ！　ほかの人と違うってことでしょ！」

「え……!?」

――違うことが素晴らしいって言ってる……？

ママからは「みんなと同じように」、「目立たないように」と教わってきたのに。

「日本では人と違ってると大変な思いをするらしいわね。みんな足並みそろえるのがいいと思ってるって。とくに学校や会社みたいな集団の中では。でも天才がそれをやってはダメ！　奇人変人オタクでいいの！　物事を極めるとそうなって当たり前よ！　天才が凡人と足並みそろえてどうするの！」

エリカは一気にまくしたてた。

「わたしも物理オタクで、物理学を経済に応用して株で儲《もう》けようなんて考える小学生だったから、イタリアの器に入りきれなくって弾き飛ばされたの。子どもらしくないって。できる子どもは大人が望む子どもを演じてる。だけどそんなの時間のムダよ。

バカな大人がつくった社会に順応してたら、感性も能力も鈍っていく。愚かだわ」

エリカは一息つくと、また絵をうっとりと眺《なが》めた。

「キラ、あなたの絵にはスピリットが宿ってるから実現するのが早いのかもよ」

キラは感動していた。自分のことをこんなに認めてくれるなんて、深い海底で息をひそめ旋回しているところを、まばゆいばかりのスポットライトで照らされたようだった。

「ありがとう」キラは心から感謝をこめて呟《つぶや》いた。

「わたしの絵も描いてもらえるかな。わたしが聖櫃《アーク》の蓋《ふた》をあけてるところ」

「オレも聖櫃《アーク》を狙《ねら》ってるんだけど」リクが冗談めかして遮《さえぎ》った。

「わたしたちライバルってこと?」

そう言いながらエリカは、キラとリクの顔を順番に見た。

リクは強い光を宿して彼女をじっと見つめ返した。

キラはつい目をそらしてしまった。エリカに見つめられると、どうしていいかわからなくなってしまう。

エリカが言った。

「大丈夫。わたしが欲しいのは聖櫃《アーク》の中の鏡だけ。ママが病気で……その鏡に顔を映すと不老長寿の効果があるのよ。知ってるでしょ?」

「オレたちは、聖櫃《アーク》に入ってるのは剣と鏡と玉だって聞いただけ。剣は勇者のどんな願いもかなえる。鏡は不老長寿、玉はどんな役目があるのか知ってる？」

尋ねるリクと一緒にキラも興味津々《きょうみしんしん》の目を向けた。

「玉は歴史を映し出してくれるのよ。持ち主がもっとも見たい歴史のワンシーン」

エリカは二年調べたというだけあって聖櫃《アーク》についてとてもよく知っていた。

「石《ストーン》を七つ集めた勇者だけが聖櫃《アーク》の蓋を開けられるらしいんだけど、どうやったら石《ストーン》が手に入るのかいくら調べてもわからないの」

がっかりした声音のエリカの前に、リクが黄色い石《ストーン》をポケットから取り出した。

「MINAMOTOから与えられる試練をクリアしたら空から飛んでくる」

キラも赤とオレンジの二個の石《ストーン》を出した。すると吸い付くように三個が一緒になって宙に浮いた。キラキラとひときわ光を発する。

「わー、きれい！」エリカが歓声をあげて、石《ストーン》を見つめながら「MINAMOTOって？」と訊いた。

「オレらもよくわからないんだ。でもこの世界を司《つかさど》ってる偉《えら》いもんらしい。キラは、MINAMOTOと交信できるんだ」

「そうなの!?」エリカは目を輝かせてキラを見つめると、石《ストーン》に手を出した。

「それにしてもなんて素敵なんでしょう！」

しかしエリカが触れようとすると、不思議なことに石《ストーン》はスイッと逃げてキラとリクのポケットに戻ってしまった。

「恥ずかしがり屋の石《ストーン》さん」

微笑んでエリカが続けた。

「ふたりで三個集めたってことは、あと四個ね。ねぇ、三人で力をあわせない？　わたしは鏡が欲しいけど、剣と玉はふたりが分ければいいわ」

「キラもオレもふたりとも剣が欲しいんだ」

「そう。じゃあ、ふたりは本物のライバルってわけね」

そう言うと、クスリと笑いをもらした。

「のっぽのリクと小さなキラ」

エリカが「小さな」と言ったとき、キラは悪くない気がした。それまで「ちび」がとんでもなく嫌だったのに。彼女の言葉には人を勇気づける何かがある。

そう思うと、キラの心臓がドクンと音をたてた。

エリカの紅色に染まった唇がキラに向いて動いた。

「あなたたちラッキーね。ライバルがいたほうがひとりじゃ昇れない高みに行けるのよ」

キラは唇に見とれて答えることも忘れてしまった。

「キラ、どうかした？」

「い、や、あ、あ、あわわ……」

エリカの顔に笑みが広がった。

――なんて素敵な笑顔だろう。まるで今までとりつくしまのなかったクールな氷の花が、突然、色鮮やかな花びらを開いて招き入れてくれるようだ。

「ごめんよエリカ。キラは話をするのが苦手なんだ」

リクがキラをかばった。

「だからなのね、絵が上手になったのは。言葉での表現が得意な人はそれに頼る。キラは会話が苦手で良かったのよ。そのコンプレックスが絵の才能を伸ばしたの。コンプレックスの陰に才能は隠れてるって、おばあさまがいつも言ってた」

――ああ、エリカ。

なんて、きみの言葉は魔法のようなのだろう。

僕の心は羽がはえて飛んでいきそうだ。口下手だったことをこれほど肯定的《こうていてき》に評価してくれた人は初めてだ。

僕の絵がエリカのハートをつかんだのなら。絵を描くことと引き換えに言葉をなくした僕の口下手には意味がある。

キラの胸はエリカに伝えたいことで溢《あふ》れていたが、それもまた口に出すことはできそうになかった。

三人ととんびは広原を進んでいった。

どこまで行っても奇妙な硬い物体がごろんごろんと、そこここに置かれている。

草一本はえていない赤茶色の風景を見て、「まるでセドナみたい」とエリカが言った。

セドナには、大地から強力なエネルギーが渦巻きのように放出されている場所ボルテックスがあり、多くのアーティストがインスピレーションを求めて訪れているという。

昼になって食事をしようと小さな岩の上にそれぞれ座ったが、太陽の日差しが容赦《ようしゃ》なく照りつける。今となっては、あのジメジメした森の中が懐かしい気さえした。

キラとリクは食料を切らしていたが、エリカが「わたしがごちそうする」と言って、背負ったリュックから小指ほどの小さな錠剤を取り出した。

その錠剤をなめたキラとリクは驚いた。ほんの小さな錠剤なのに、いろいろな味が楽しめる。コーンポタージュの味から始まって、ロメインレタスやチーズ、リブステーキ、ラズベリーアイスクリームまで堪能《たんのう》した気分だ。10分ほどなめていると、おなかもいっぱいになってきた。

「すげぇな、これ」

「栄養も摂《と》れるのよ。でもカロリーはほとんどないの」

「アメリカで売ってるの？」

感嘆して目を白黒させているキラとリクを見て、いたずらっぽい笑みを浮かべたエリカが、「発明したの、わたしが」と誇らしげに言った。

キラのことを天才だと言ったけれど、どうやらエリカこそ正真正銘《しょうしんしょうめい》の天才のようだ。

彼女は現在十五歳で、寮生活をしながら中学に通っているという。

「どうしてニューヨークを選んだの？」リクが興味津々で尋ねた。

「私が通ってるのはセイントセレーナという学校なんだけど、うちは代々、中学からそこへ行くことになってるの」

「セイントセレーナって、もしかして、すげぇセレブが行く学校じゃん！」リクが驚いた声を出した。

「リク、知ってるの？」

「ああ。親がオレを中学からどっかに入れようっていろいろ調べてて。セイントセレーナは信じられないような世界中のセレブの集まりだって言ってた。南米から個人ジェットで通う生徒がいるとかって」

「本当よ。ファーストクラスで通うわたしが信じられない目で見られるの。あそこにいると、世界ってどこから見るかで全く違うんだって痛感する。学生でファーストクラスに乗るなんて贅沢《ぜいたく》だって妬《ねた》まれたり羨《うらや》ましがられたりするかと思えば、反対に個人ジェットじゃないのがかわいそうに思われたりするんだから。幸せの物差しって、育った環境や人種、慣習によって違うのね。幸せかどうかは自分が決めるものなんだってつくづく思うわ」大人びた横顔でエリカが言った。

キラはますます彼女への憧れが強くなった。エリカは美しいだけではなく、天才的な頭脳をもち、その上、世界を知っている。なのに偉ぶることなく接してくれる優しさがある。

「エリカがいるなら、オレ、ニューヨーク行こうかな」

リクの声がキラの物思いを破った。

「いいねいいね！　ぜひおいでください。ニューヨーク・ヤンキースを一緒に観に行こう。キラも一緒に」

いきなり誘われたキラはうつむいた。

リクとエリカの話はまるで別世界だった。キラの家は給食費を払うために、ママがたいせつな指輪を手放さないといけないというのに。

「エリカ、野球観に行ったりするんだね」

「よく行くの。野球観に行ったりするんだね」

「マジ？　オレのチーム、いま日本の全国大会で決勝に残ってるんだ。優勝したらウィリアムズポートでの世界大会に出場する」

「わお！　絶対優勝して来て！　ヤンキースの選手たちを紹介するわ。わたしのパパがヤンキースのファンで仲よくしてもらってるの」

ふたりの会話はどんどん盛り上がっていく。反比例するようにキラの気分は盛り下がった。エリカに褒められて高揚したさっきまでの気持ちがあっさりとしぼんでいく。

エリカと対等に話せるリクが急に大人びて見えた。

ヤンキースの選手たちに紹介されるリクが想像できるようだった。スター選手に会っても、リクなら大仰《おおぎょう》に興奮することも、緊張で固まることもないに違いない。

三人の中で自分だけが、子どもの世界に置き去りにされたようだ。

冒険に来る前の自分に一気に戻った気がする。いてもいなくてもいい自分。完全にふたりの会話に入れない。一言も発することができない。

なぜだかわからないが苛立《いらだ》ってくる。

「のどが渇いたね。残念ながら水分だけは錠剤じゃ補《おぎな》えないの」

と、エリカが小さな機械をリュックから取り出した。それはカメラを搭載したドローンのコントローラーで、この不思議な森の全容を調査しているのだと言う。

「この先に川が流れてるわ。ちょっと待って。飲める水かどうか分析するから」

エリカは、コントローラーを慣れた手つきで操作し始めた。

そのドローンのカメラは映像に映ったものの成分まで解析するというから驚きだ。

もちろんエリカの発明品。

エリカが手を止めて言った。

「Good!　水質に問題なし。味も保証する」

「行こう！」

立ち上がったリクがエリカの前に片手を差し出した。エリカはその手をとると、すっと立ち上がった。

まるで映画のワンシーンのようだった。

美しく賢い王妃をエスコートするのは、決まって背の高い勇敢なイケメン王子だ。ちびで口下手なにわか勇者の少年は、カーテンの陰からうらやましげに盗み見る。ましてや、その少年が青い髪の『バケモノ』とバレたなら、王子の鋭い剣によって退治されてしまうだろう。

キラは、ふたりに背を向けるとトボトボ歩き始めた。背後からふたりの意気投合した会話が聞こえてくる。聞きたくないのに気になって聞き耳をたててしまう自分がミジメだった。

リクとエリカの話は、野球から美術の話に移っていた。シャガールとか名前だけはなんとか聞いたことがある芸術家の話で盛り上がっている。

――リクはどんな話でもできるんだ……。

振り返ると、エリカがリクを見上げて笑っていた。その視線の先のリクはいつも以上に自信満々に見える。

――くそっ、リクのやつ、いい気になって！

キラは苛立《つの》ちが募って、心の中でリクをこきおろしたい気分だった。

荒々しく森に入ろうとしたとき、リクに呼び止められた。

「オレ、エリカと先に森に入って散策してくるわ」

振り返るキラにリクが拒絶《きょぜつ》しようのない声で言った。

「キラはここで見張ってて」

言外におまえは来るなと告げている。

「わかった」

キラはムッとしながら、ふたりが楽しそうに森の奥に入っていくのを見送った。

リクが何か面白いことを言ったのだろう。エリカが声をたてて笑った。その声があまりに可愛らしいことまでもが、キラにとっては腹立たしさの原因になる。目の前にゴツゴツした岩が並んでいるのも、ささくれだった気持ちを昂《たか》ぶらせる。

――仲間はずれか……。もう口もききたくない。リクがキライ。

心の中で全力で毒づいている自分に気付いて、キラは愕然《がくぜん》として腰を落とした。

──僕はどうしちゃったんだ……。せっかく仲良くなったリクを嫌いだと思うなんて！

こんな気持ちになったのは生まれて初めてだった。キラは湧《わ》き上がる強い感情をどう扱ったらいいのかわからず混乱した。

自分とリクを比較して、自分をダメだと思う気持ちが止まらない。

──リクのほうが背が高い。勉強もできる。イケメン。家はお金もち。勇敢で腕力もある。優しい……。うーん、これは引き分け。リクのほうがエリカを好き。これももしかしたら引き分け。リクのほうがエリカに好かれてる。リクのほうが話がうまい。リクの指は長くてきれい。リクのへその形のほうがかっこいい。

数えていたら1勝56敗2引き分けでキラの負けだった。キラがリクに秀でているのは、絵が描ける、ただそれだけ。

──僕はリクよりも劣っている。

その認識がキラを押しつぶそうとする。比べることがコンプレックスの元凶だと、リクの兄に対するコンプレックスを見て学んだはずなのに……。

「わかいし（若者）よ、夢が本当になるとき、何度でも試される」

と、突然声がして老師《ラオシー》があらわれた。

「老師《ラオシー》、僕……」

泣きそうな声でキラは老師《ラオシー》を見つめた。

「嫉妬《しっと》じょ」

「え？」

「その感情じゃ」

「嫉妬？　僕がリクに!?」

「キラ、嫉妬を感じるんはええことじぇ」

「いいこと!?　そんなの信じられない！　僕……」

キラは恥ずかしくて顔が上げられなかった。自分が考えていたことを知られたと思うと死にたくなる。

「リクがいなくなったらええのに」

「え？」キラはギョッとして老師《ラオシー》を見た。

老師《ラオシー》はいたずらっぽい顔でウインクをしてみせた。

「そう思ったんじゃろ？」

「なんてひどいこと……リクはたいせつな友だちなのに……」

「当然じょ。リクは、おまはんの欲しいものを手に入れたように見えたんじゃろ？

羨ましくて、妬《ねた》ましくて、どうしようもないほど心乱された」

キラは頷いた。

「こんな気持ち、初めてなんだ――」

「ほら、ほうだろ。今までのおまはんは土俵の上にも立ったことがなかったけん。やっと、リクと勝負できるおんなじ土俵に立てるところまで成長してきた印じょ。めでたい。めでたい」

「そんなこと……」

「信じられんか？」

老師《ラオシー》は面白がった様子で、合わせようとしないキラの目を覗きこんだ。

「嫉妬はな、その相手が受け取ってるものを、自分も手に入れられるという合図じょ。嫉妬が強烈であればあるほど、次は同じことが自分に起こるのを許すときやけん」

「同じことが僕に起こる……？」

キラは、リクがエリカに手を差し出したときを思い出した。

自分が手を差し出す。エリカがその手を取ってくれる。

――想像しただけで胸がドキドキする。でもそんなことが本当に起こるの⁉

キラの不信を感じたように老師《ラオシー》が付け加えた。

「自分にも起こりえることを信じない者が、嫉妬にかられて醜《みにく》い行為に走るんじぇ。嫉妬という感情が悪いのではない。嫉妬に振り回されて起こす行動がみっともないんじょ。どうじゃ？　ほのええことが、次は自分に起こると思ったら？」

「さっきまでの嫌な気持ちは薄くなった気がします」

「キラ、おまはんは素直じゃのぉ。素直なのは心の土壌がええということじょ。どんなものを植えてもようはえる。ほなけん、ええもんを植えんとのぉ」

「はい」

「ふたりで何やってるんだ？」

振り返るとリクが立っていた。

「エリカは？」

「ん。ちょっとそのあたりを散策してドローンを回収してくるって。悪かったな、キラ」

と、リクがキラの耳に囁《ささや》いた。

「エリカ、トイレ行きたかったみたいだから……」

「え？」

「おまえを置いてきぼりにして」

理由を知って、キラはリクに対してすまない気持ちでいっぱいになった。

老師《ラオシー》が口をはさんだ。

「ちょうどええところに戻ってきた。おまはんらに次の大いなる知恵を授ける」

キラとリクは改まって老師《ラオシー》の前に立った。いつの間にか、老師《ラオシー》の教えが確かな効果を生むことを実感していたのだ。

「この前、おまはんらには、感情や思考が先で、その周波数で現実が映し出されるという仕組みは教えたな」

「はい」

「ああ」

ふたりは同時に頷いた。

「現実のせいで感情が起こると思っているが、実は逆で、感情の周波数《バイブレーション》が現実を映し出しておる。しかし普通は現実が起こるまでに時間がかかる。ほの時差のせいで、思考や感情が先だということがわかりにくくなっとるんじょ。今から感情、気持ちを手放す方法を教える」

「そんなことができるの⁉」キラは驚いて口をはさんだ。

「目の前に、おまはんらの嫌な現実を思い出してみるんじゃ。キラはさっき起こったことでええぞ」

キラはリクとエリカが仲よくして仲間外れにされた気がしたことを思い出した。

「嫌な現実を思い出したら胸のあたりに何か感じるじゃろ？」

「ああ」

リクが答えると、キラも頷いた。

――これはさっきの気持ちだ。老師《ラオシー》は嫉妬だと言っていた。

「それを色と形で見るんじゃ」

　老師が広原にある石や岩、コンクリートの柱などを指さして言った。

「これは、みんな、感情や気持ちが形になったもんじょ。こういう形をイメージでつくってみぃ。大事なのはずっしりと硬くて重いこと」

「ずっしりと硬い……大きいボウリングの球でもいいですか？」

「ええよ。その形の色は何色え？」

「黒です」

キラはすぐにイメージできたが、リクは形にするのに苦労していた。

「形にならんときはな、ならん理由があるんじゃ。その感情を嫌ってないか？」

「嫌うだろ、ふつー。こんなヤな気持ち」

「ほの感情を、誰かとか出来事のせいにしてないか？」

「してる、てか、そうだろ。兄貴のせいでオレは……くそっ、無理だよ」

諦《あきら》めようとするリクを老師《ラオシー》が励ました。

「リク、兄貴とその気持ちは関係ないんじょ」

「どうやったら関係ないって思えんだよ。できたら神だろ」

老師《ラオシー》は笑った。

「キラ、リクはにいちゃんへの嫉妬で苦しんどる」

「嫉妬なんかじゃねえ！」

　ムキになってリクが否定した。

「ただ親が兄貴ばっか褒めっから頭にきてるだけで」

　老師《ラオシー》はやんわりとリクの言い訳を遮った。

「キラがあとで嫉妬の本当の意味を教えてくれる」

　キラは嫉妬を形にしようとしていた。ものすごく大きい。どんどん大きくなって、全体像が見えないくらいの巨大な鉛の球になってしまった。

「うわーっ！　でっかい！　老師《ラオシー》、家より大きくなっちゃった！」

「かんまんかんまん。どれだけ大きくても硬くて重くて中までずっしり詰まっとったら、ええ」

　キラがその巨大な球体の重さと硬さをイメージで感じていると、不思議だった。胸にあったどす黒い嫌な気持ちがいつの間にか弱くなっていく。

「それを両手で持って……イメージの手やけん、どんな大きいもんでも持てる……両手ではさんで前にスコンとはずす。はずしたら大きく深呼吸じゃ」

　と言いながら老師《ラオシー》は実際に両腕を広げ、物体を持って前に出すふりをして見せた。

キラは老師《ラオシー》を真似《まね》て、巨大なそのイメージの球を体の前に出した。とたんに直径10メートルもの鉛の球がどかんと目の前に出現した。

「うわ！　イメージが本物になった！」

「ようできた。それでええ」

老師《ラオシー》は目を細めてキラを褒めると続けた。

「この広原では、イメージの形が身体からはずれた途端《とたん》、実際の物体になるんじょ。おまはんらの世界ではイメージのままで、こうやって本物の物体には変化せーへん。ほなけんど、イメージのままでも効果はおんなじじぇ。どうじゃ、気持ちは？」老師《ラオシー》が尋ねた。

キラは驚いた。あの嫌な感覚、重苦しい嫉妬の感情がすっかり消えている。そして体が軽い。呼吸が明らかに楽になった。

「老師《ラオシー》、何が起こったの!?　嘘《うそ》みたいにすっきりした！」

「周波数《バイブレーション》が変わったんじゃ。もう一度、ほの嫌な気持ちを起こさせたことを思い出してみい」

キラは、リクとエリカが仲良くしているシーンを思い出した。

「え!?」とキラは、驚きの声をあげた。

思い出したくもなかったその光景がなんの感情も引き起こさないばかりか、ただ普通のシーンでしかない。

「どうじゃ？　嫌なできごとが、ただ中立なものに変わったじゃろ？」

「はい！　凄《すご》いね、これ！」キラは興奮して答えた。

「ほうじゃろ？　これは簡単じゃが感情を手放すには効果的な方法なんじょ。感情が解放されたら周波数が軽やかになる。つまり映し出す現実が変わってくる」

「ちっとも簡単じゃないし。色なんて思いつかないし、形も見えない。なんで気持ちが形になるのかぜんぜん理解できない」

ため息をつくリクに老師《ラオシー》が向いた。

「感情を色と形にできないときは、理由があるんじょ。ほの感情を自分のものと思ってないか？　感情もただの周波数、エネルギーじょ。どんな感情も、感情そのものはポジティブでもネガティブでもない中立なんじぇ。リク、おまはんは中立だと思えてないからできんのじゃ。感情が形にならんのはつぎの三つのうち、何かが起こっとるときじょ。①感情を嫌っているとき、②その感情を感じる自分を裁いているとき、③その感情が現実の出来事のせいだと思っているとき。色と形はこうじゃと自分で決めてもええよ」

形にならないとわめくリクを見ながら、キラはホッとしていた。リクでさえ嫉妬で苦しむことがある。人間は、みんな、おんなじなんだ。リクのことが今までになく近しい存在に感じる。

そのとき。

上空から緑の石《ストーン》が弧を描いて落ちてきた。

キラは手を広げて受け取った。

「妬」という文字がきらりと輝いた。

「今度のは『嫉妬』。第四の緑の石《ストーン》はハートを開き、人とのコミュニケーション能力を高めてくれる」

老師《ラオシー》が目を細めてキラを見つめながら言った。

——僕は乗り越えた。あんなに苦しい「嫉妬」という感情を。

キラははじめて、石《ストーン》を受け取る価値のある試練をくぐり抜けた達成感を覚えていた。

「嫉妬」という感情に支配されたとき、キラは自分が違う人間になってしまったかと思った。まるで鬼か悪魔が自分の身体を乗っ取ったかと思うほど毒づいていた。優しい気持ちは微塵《みじん》もなかった。感情というやつはコントロールを失うと暴走する凶器のようなものだった。

これからは、あんなにひがんだり、人をやっかんだり、憎んだりしないでいいのだと思うと、それだけでうれしくなった。

キラの掌《てのひら》で輝く緑の石《ストーン》を見ながら、リクが羨ましそうに口を開いた。

「いいなぁ、キラは……オレ、ぜんぜんダメだ。色はグレーにして、形も巨大な球体をイメージしたけど中がスカスカ。全然重くならねぇし」

「色と重さと硬さ、ほれが大事じぇ」老師《ラオシー》が言った。

キラは微笑んだ。

「僕、リクのことがもっと好きになったよ」

「なんだよ、キモい慰め方すんなよ」

「だって……リクは完全だって思ってたんだ。自分とは違う凄い人って感じてた」

「不完全でくだらないってわかってバカにしてんだろ」

「まさか。僕とリクは違わない、同じ人間なんだってうれしいんだ」

老師《ラオシー》がふたりを見比べて言った。

「不完全さこそ、完全さじゃよ」

「意味わかんねぇし」リクはますますふてくされている。

「時間がたって気持ちが落ち着いたら形にできると思うよ」

キラに老師《ラオシー》が同意した。

「ほの通り。形にしてしまったら、もうその感情を感じることができなくなる。相手のせいにして怒っていたいときは手放すことはできん」

「確かに。オレは兄貴に今はまだ怒っていたいのかも……」リクが呟いた。

「ほれになりク。悩んだり落ちこんだり、たいがいみんな嫌がるけど、ほれは自分と向き合う貴重な時間じょ。ほの時間は決してムダにはならん。外に向かって行動を起こすことと同じくらい、内なる心と寄り添うことはごっつい成長の糧《かて》になるけん」

「わかった――」リクは、心ならずも頷いた。

「エリカ、遅いなぁ」

キラが森の入り口を見るとエリカが出てくるのが見えた。

小走りに来るエリカの褐色の髪が風に揺れて、キラは、その一瞬を写し取りたいと願った。急いでスケッチブックを開くと絵に描き始めた。

エリカが息を切らしながら興奮して言った。

「この石や岩をドローンで分析したの。怒り、悲しみ、寂しさ、嫉妬、そんな人の感情と同じ周波数のエネルギーなのよ。これは感情が物体になった不思議な現象かも」

新しい発見をしてうれしそうだ。

「だろうね」リクが答えた。

「リク、知ってたの!?」

「ああ。でも、知ってるだけじゃ体験にはならないんだってさ。うちの監督が言ってた」

リクがエリカを老師《ラオシー》に紹介しようと振り返ると、いつの間にか老師《ラオシー》は消えていた。

キラは不思議に思った。

「僕とリクには老師《ラオシー》がいるのに、エリカには導き人がいない。どうしてかな？」

「エリカは頭いいし、導く必要がないってことじゃん？」

「あ、そうか！　僕たちを見るに見かねて老師《ラオシー》が助けてくれたのか！」

「そうゆうこと！　特訓しないとヤバいってＭＩＮＡＭＯＴＯが慌てたんだろ！　特におまえな」

「それはリクもでしょ！」

「キラだろ！」

言いあいながら、キラはやっとリクと本当の意味で友だちになれた気がした。対等になんでも言いあえるのが仲間というものだろう。

――僕、生まれて初めて友だちができた！

しみじみうれしさがこみあげてきた。

エリカが不思議そうに問いかけた。

「キラ、何かいいことがあったの？　さっきより軽やかで幸せそう。自信に満ちてるし」

「うん。ちょっとだけ、僕は僕を好きになった――」

そう答えるキラをエリカは眩《まぶ》しげに見つめた。
キラの心はあたたかかった。今まで生きてきた中で最高に。

しかし、勇者になるにはそんなことではすまないということを——。
勇者になるということは、新しい誕生だということ。
そして人は一度死ななければ生まれ変わることはできないのだということを——。
キラもリクも知らなかった。このときは、まだ——。

第五の石《ストーン》「青」

キラとリクとエリカ、そしてとんびの一行は再び薄暗い森の中を、聖櫃《アーク》が隠されているクイチピチュへ向かって進んでいった。エリカのドローンでの探索で、トカゲ男たちに見つからないようにするには、森のほうが安全だという判断だった。

クイチピチュの山肌があらわに見えるほど近づいてきた。何事もなければ、おそらく明日には到着するはずだ。

キラはママの花梨《かりん》のことが心配になった。旅はもう二日目だ。老師《ラオシー》は、この森の三日がもとの世界の一日だと言った。明日中に聖櫃《アーク》を見つけて帰らなければ、夜になっても戻らないキラを花梨が心配して大騒ぎになるに違いない。それはリクの家も同じだろう。

「エリカはいつまでに帰ればいいの？　遅くなったら、おうちの人が心配するんじゃない？」

キラが尋《たず》ねると、「心配はしないけど、早く帰らなきゃ」とエリカが物憂《ものう》そうな顔で言った。

「お母さん、心配だよね……」

「うん、まぁね……」

なぜかエリカは、それ以上触れられたくないというふうに眉《まゆ》を寄せた。

その様子に気づかないリクがエリカを誘った。

「エリカもオレたちと一緒に葉山《はやま》の出口から帰ろうよ」

「葉山？　御用邸がある素敵なところらしいわね」

「葉山に来たら、目がとび出るほど、うんまいかき氷ごちそうしてやる」

「目がとび出るってどんだけ！」エリカが笑って言った。

「天然水でつくったかき氷に生のフルーツソースがかかってんだ」

「美味《おい》しそう！」

エリカはキラが黙っているのに気付いて尋ねた。

「キラはかき氷嫌い？」

「いや、僕は……食べたことがないんだ」

「ここから出たら真っ先に食べに行こうぜ！」

リクの誘いにキラはあいまいに頷《うなず》いた。リクが言っているのは、夏になると長蛇《ちょうだ》の列ができるかき氷屋さんのことだ。

キラは以前花梨と一緒に美味しそうだね、と表のメニューを覗《のぞ》いたことがあった。

いちごミルク850円。花梨の好きな宇治抹茶あずきミルクは1000円。その値段を見た途端《とたん》、花梨とふたり、がっくり肩を落とした。

花梨は「びっくりしたぁ！　我が家の生活費が一日1000円だっつーの！」と明るく笑ったが、キラよりも小さな子どもたちがふたり、ひとつずつ、でっかいかき氷にかぶりついているのを見て哀《かな》しそうな色を目に浮かべた。

キラは突然「うっ、おなか痛い！」と腹痛を起こしたふりをした。

「おなか痛いならかき氷はムリね」花梨はキラを案じながらも、どこかほっとしたように言った。

キラにとって、花梨に哀しい想いをさせるほうが、かき氷を食べられないより辛《つら》いことだった。

――お金はいつもママを苦しめる。

「わたし、かき氷がイタリアでのいちばんうれしい思い出なの」

エリカの声に、キラは夢想から引き戻された。

「わたしが小学1年生の夏、おばあさまがまだ存命中、病で床に臥《ふ》せっていらっしゃったときに、かき氷を食べたいとおっしゃって、おこづかいで買いにいったの。でも家についたら、袋の中は水になっていて大泣きした。綿菓子のようなものだと思っていたから、まさか溶けてしまうなんて……」

「エリカ、かき氷食べたことなかったの⁉」

自分と同じだとキラはうれしくなって問うと、エリカは頷いた。

「おとうさまが、ああいう露店で売ってるものはお好きじゃなくて。でも、おばあさまは大笑いされたの。水になってべそをかいてるわたしを見て……」

「どうしてそれがうれしい思い出なんだ？」

「おばあさまのご病気、とても悪くて毎日痛みと闘《たたか》っていたの。趣味をたくさんお持ちで、いつも美しくおしゃれをしていたのに、その頃は不機嫌《ふきげん》で……大好きだったおばあさまがまるで人が変わってしまったようで哀しかった。でも、そのときは、前みたいにわたしを抱きしめてくれた。あの数分だけ、おばあさまは痛みから解放されたの。葉山に行って目がとび出るくらいうんまいかき氷を食べるわ」

エリカはそう言うと、ふと呟《つぶや》くように付け足した。

「かき氷を食べたら、あの頃のわたしに戻れるかしら……」

「あの頃の……？」

尋ねたキラに、エリカがハッと我に返ったように目を上げた。そして冗談のように言った。

「人を喜ばせることばっかり考えてた単純おバカさんによ」

エリカは笑って言ったが、その声音に哀しみが滲《にじ》んでいる気がして、キラはたいせつな何かを言わないといけないんじゃないかと思った。でも言葉が出てこなかった。

――やっぱり僕は口下手だ。

キラはスケッチブックを出すと、エリカがキラとリクととんびに囲まれて、一緒にかき氷を食べている絵を描《か》いた。三人ととんびは大笑いしている。

エリカはその絵を見て噴《ふ》き出した。とんびの笑っている顔があまりにリアルすぎるというのだ。

「イヌが笑うのをここまでリアルに描けるのはキラだけよ」

「キラ、オレ、いちごミルクじゃなくて、桃のソースにして」とリクが細かいダメだしをした。

三人は微笑んで絵を見ていたが、エリカがふいに呟いた。

「本当にこんな日が来るといいのに……。でも勇者になるのは……」そう言いかけ続きをのみ込んだ。

そのエリカの言葉が、忘れたい現実を思い出させた。

――もしも聖櫃《アーク》にたどりつけたとしても勇者になるのは、ただひとり。

最後の敵がリクになるかもしれない。そのとき、僕はどうするのだろう……。

リクも同じことを感じているのか、キラが見つめると、スイッと視線をはずした。

強烈な孤独がキラを襲った。

もうすぐ夕陽《ゆうひ》が沈みそうだという頃に、夜を過ごすのにちょうどいい洞窟に行きあたった。

夕陽が沈むとやがて森は闇に包まれる。今のうちに薪《たきぎ》を集めておこうと、三人は別々に出かけた。キラはとんびを連れて。たくさんの枝を集めて引き返そうとすると、とんびが小さく吠《ほ》えて走っていく。

「とんび、どこ行くの？」

キラも続くと、小さな川が流れていた。

いつの間にか顔を出した月の明かりが反射してキラキラ光っている。

清らかな水に顔をつけると、汗と泥がぬぐわれて気持ちがよかった。両手ですくって飲もうとしたとき、いつかのように川面《かわも》にママの花梨が映った。


花梨は面接を終え、さっそくスーパーマーケットで働いていた。表でやっているタイムセールのためのワインの入った段ボール箱を運んでいく。

『早くしてよ！　タイムセール終わっちゃうじゃないの！』

パートの先輩らしい年かさの女がキツイ口調で言い放つと、花梨の持っている段ボール箱の上にもうひと箱載せて行ってしまった。花梨は焦って歩き出したが、上段の箱が崩《くず》れ落《お》ちワインのビンが何本も激しい音をたてて割れた。

『何やってんだ！』店長のオヤジが駆《か》けてきた。

『すみません！』

花梨は大急ぎでビンの破片を集めながら謝った。

『これいくらすると思ってんの！　あんたの給料じゃ弁償《べんしょう》なんてできないよ！』

『本当にすみません！』

平身低頭する花梨。その背にオヤジの手がすっと伸びた。花梨が緊張のあまり背すじを強張《こわば》らせる。

オヤジが耳元で囁《ささや》いた。

『店が終わってつきあってくれるならいいよ。あんた、金に困ってるんだろ』ねっとりとした目で花梨を見つめる。

花梨は思わず目をそらした。日頃から青白い顔がさらに血の気を失っている。

そのとき、駐車場の高級車から降りてきたサングラス姿の女がオヤジに声をかけた。

『この前、お願いしてたフルーツのお取り寄せどうなったかしら？』

キラはサングラスをはずした女の顔を見て、ハッとした。リクのママだ。何度か授業参観に来て、みんなの前で特別に話したことがあるから見知っていた。

『これはこれは先生、いつもありがとうございます。ちょうどお届けにあがろうと思ってたところです』

リクのママが『そう、じゃあ、お願い』とサングラスをかけようとした、その指を見てキラは固唾《かたず》をのんだ。

なんとそこにプルメリアの指輪が輝いていた。花の真ん中のブルーダイヤがまるで涙のしずくのようだ。ママの指輪に間違いない。

花梨が気づかないよう、キラは祈った。しかし花梨の目が指輪にくぎ付けになった。花梨のまなざしに気がついたリクのママが微笑んだ。

『素敵よね。こんなブルーダイヤ見たことないでしょ。アンティークショップのショーウインドーに飾ってあったの』

花梨はこくりと頷いた。あまりの衝撃にそのリアクションだけで精いっぱいなのが見てとれた。

キラは拳《こぶし》を握《にぎ》りしめた。

「ママの指輪だぞ！　返せ！」

夢中で叫びながらリクのママに向かって言った。冷たい川の水に胸までつかっていることに気がついて我にかえった。

川辺でとんびが心配してワンワン吠えていた。

川面の映像は消えた。

「ママ……ごめん……ごめん、ママ」キラは泣きながら謝った。

自分は、ママからたいせつなものすべてを奪ってしまった。ダディも、実家の祖父母も、あんなに楽しそうだったガーデニングも、きれいな指も、心からの笑顔も、そして指輪まで……。それがたまらなかった。やり場のない強い怒りがこみあげてきて、何もかも破壊しそうだった。

びしょ濡れでボロボロになったキラをリクとエリカが驚いて迎えた。

「何があったの!?」

リクとエリカが幾度も尋ねたが、キラは返事をすることができなかった。リクに罪はないとわかっているが、口を開けば責めてしまいそうだ。

リクはテキパキと薪に火をつけ、濡れたキラの洋服を乾かした。

そのリクの背中をキラは無意識に睨《にら》みつけていた。エリカが心配そうに見ているのに気づいて視線をそらした。今はふたりと視線をあわせることさえできない。

とんびがキラの気持ちに寄り添うように、足元にうずくまった。とんびの頭を撫《な》でると、怒りが哀しみに変わってきた。

キラは、初めてできたたいせつな友だちを理不尽《りふじん》な怒りで攻撃したい自分がたまらなくイヤだった。しかし、花梨のショックを受けた顔が脳裏《のうり》をかすめて、気持ちを切り替えることができない。色と形に変えての解放もする気になれなかった。

深夜になってみんなが寝静まっても眠ることができなくて、洞窟の外へ出た。眠っていたとんびが、すくっと立ち上がるとついてきた。

木々の間から月明かりが射《さ》している。

キラは月を見上げた。本来は球体だとはとうてい信じられないような三日月が光を放っている。

キラは老師《ラオシー》がしたMINAMOTOについての話を思い出した。もともとは、すべてが『ひとつ』であること。「分離のゲーム」をして『個人』となり『自我』を強めていること。

——もともとが『ひとつ』なら、なぜ、そこに違いがあるのか？　持てる者と持たざる者があらわれるのか？

老師《ラオシー》が教えてくれたように、ただ「考え」や「思い」が違うだけなのか？

貧乏だったり、人間関係がうまくいかなかったり、病気になったりするのは、それをつくりだす「思考」だからなのか？

月に向かって物思いにふける背中に声がかかった。

「キラは月が似合うのね……」

振り返るとエリカが立っていた。

「お日さまの下で真っ黒になってるイメージのリクとは対照的」

「エリカは……何のイメージ？」

キラが訊くと、「闇」と答えた。

「闇……？」

「闇将軍タマスに愛されてるから」

エリカは冗談ぽく笑みを浮かべると、キラの隣に座った。

「キラ、もしかしたら、おうちが経済的に大変なんじゃない？」

「え？」

キラはエリカの突然の物言いに動揺《どうよう》した。何も言わなくてもわかるほど自分は貧乏くさいのだろうか。

「わかるの。わたしも同じだから」

「……じょーだん。セレブ御用達《ごようたし》の中学に通ってるんでしょ？」

「確かに二年前ニューヨークに留学したときは裕福だった。でも今は違うの」

キラは突然の告白に戸惑いながらも耳を傾けた。

「わたしの父の会社、倒産したの。うちは代々複数の事業を営んできた。けっこう大きな会社だった。でも父は苦労知らずの理想家で、これは当たると判断した海外の不動産投資に失敗して、一気に崩壊した。借金のために担保《たんぽ》に入れてた個人資産の家や別荘まで差し押さえられ、債権者が押し寄せてきたわ。おそろしいのは、なくなったのがお金や家だけじゃなかったことよ。それまで毎週のように我が家のパーティにいらしていた人のほとんどと連絡がとれなくなった。隣のうちの使用人にまで挨拶《あいさつ》をしても無視されたのには笑ったけど。そして両親は夜逃げした」

エリカはキラの反応を見るように言葉を切った。

キラはどう答えたらよいのかわからず、口を開くことができなかった。それはキラの想像を超えた恐ろしくスケールの大きい話だったのだ。

「その頃からわたし、ニューヨークの学校の寮に暮らしているんだけど、突然送金が途切れたわ。寮費や生活費、もちろん授業料が支払われなくなったのは当然だけど、びっくりしたのは消費者ローンから請求が来たことよ」

「え、エリカに!?」

「そう。わたしが借りたことになってた。25万ユーロ、日本円で3000万円」

「3000万!?」

莫大《ばくだい》な金額に絶句してキラは尋ねた。

「でもエリカ、中学生なんでしょ？　お金なんて借りられないんじゃ……」

「本当はね。でもわたしの両親、理解できないわよ。わたしの偽《にせ》の身分証をつくって、それで借りてたの。収入証明もでっちあげて、あっちこっちの金融機関から一気に借りていなくなった。わたしに残されたのは借金だけってわけ」

「それでどうしたの⁉」

「亡くなったおじいさまは商才があって、人を見る目にもたけてた。わたしには何かがあると思って幼稚園のときから株式投資の仕方を教えてくれたの。毎年のクリスマスプレゼントは株券で、わたしはそれを運用しておこづかいを稼ぐ変わった小学生だった。でもそれが助けてくれた。親も家もお金も友だちもなくなったけど、わたしには才能があった。お金を稼ぐことと、発明や、研究をする力。株で稼いだお金で学校を続けているうちに、わたしに才能があることを知ったアメリカ人の富豪が養女にしてくれたの。それで今は何不自由なく、いえ、以前よりもはるかに豊かに暮らしてる」

「そうなんだ……」

キラは、エリカが歩んできた壮絶な道のりを想像することはできなかったが、尊敬する気持ちが強烈に湧《わ》き上がった。キラを励まそうとして自分の話をしてくれたことにも感謝した。

「ねぇ、これは言いにくい提案なんだけど……」

そう言って、エリカがキラを見つめた。

真っ黒な目がぬめりを増した。

「わたしとキラ、ふたりで聖櫃《アーク》を手に入れない？」

「え⁉　それって……」

「リクには悪いけど——」

キラは絶句した。

「わたし、どうしても聖櫃《アーク》の中の鏡を手に入れなきゃならないの。病気になったのは、わたしを棄《す》てた母親じゃなく、拾って育ててくれてる義母よ。もう余命一か月と言われてるの。わたし……彼女までいなくなったら……」

エリカの言葉がつまった。見ると、エリカの目から涙があふれている。

かける言葉が見つからず、キラは黙りこくった。

「……わたし……リクのこと……信頼でき、ない」

嗚咽《おえつ》をこらえながらエリカが訴えた。

キラは「なぜ？」という思いをこめてエリカを見た。

「あの子も病気でしょ……勇者の剣が欲しいと言ってるけど、健康の願望をかなえるには鏡のパワーのほうが絶大よ。両方手に入れたいと思ってるんじゃないかしら」

「そんな……リクはそんな奴《やつ》じゃない。てか、もし、そうならきみが鏡のことを言ったときに言うと思う」

「今は、リクもキラも、本当に聖櫃《アーク》にたどりつけるかどうか確信がないから、そんなことを言ってるの。人は自分の欲しいものが手に入ったとき変わるわ。それを守るためになんだってするようになる。浅ましく醜《みにく》い。私だってそう。リクを出し抜こうなんて卑劣《ひれつ》だと思う。だけど人間ってそういうものよ。自分の願望に正直でいることこそ、それを手に入れる最大のチャンスになるんだと思う」

エリカは話し終えると、答えをうながすようにキラが口を開くのを待った。首をかしげるいつもの癖が彼女の美しさを際立《きわだ》たせた。だからといって話の残酷《ざんこく》さが消えるはずもない。いや、彼女が美しければ美しいほど、その提案とのギャップに押しつぶされそうだ。

返事ができないキラにしびれを切らしたのか、エリカが詰め寄るように言った。

「勇者になれるのは、ただひとり。リクに奪われてもいいの？　勇者になったら願いがかなう。あなたの願いは、そんな簡単に諦《あきら》められるものなの？」

キラはどうしたらいいかわからなくなった。ママに指輪を取り戻したい。お金の苦労もさせたくない。自分のせいで失った幸せを取り戻してあげたい。

リクを裏切る――そう思うと、この旅のさまざまな瞬間が蘇《よみがえ》ってきた。

「食えよ」そう言っておにぎりを投げてくれたリク。

寝ないでキラの無事を祈り、目を真っ赤にさせていた。

嵐の中、足を怪我《けが》したキラを背負ってくれたこともあった。

「イジメたと同じだ。ごめん」と土下座した、その誠実な姿。

そして、たわいもないブルース・リーごっこ。

それらを思い出すと泣きたくなるほど胸が熱くなった。どのシーンもキラキラ輝いている気がする。十二年生きてきて、それまで経験してこなかったことばかり。

「……リクは友だちだ」キラはかれるような声でぼそりと言った。

「じゃあ、いいのね。リクが勇者になっても――」

エリカのまなざしが鋭いカッターナイフのようにキラの心に切り込んでくる。

「それは……」

言いよどむキラに、エリカが言い放った。

「まだ時間はあるわ。明日の朝までに返事をちょうだい」

そう言って立ち去るエリカの後ろ姿を、キラは戸惑いを抱えたまま見送った。

とんびが、「くぅん」と啼《な》いて近づいてきた。


エリカを月明かりが照らした。

エリカは月を見上げた。

両親が自分を棄てて逃げたときのことが口から出てきたのは、自分でも意外だった。人に話したのは初めてだ。祖母にかき氷を届けたときのエピソードも、忘れようと記憶のかなたに押しやっていたことだ。どうも、キラとリクと一緒にいると、今は固く閉ざしてしまった何かが溶けだしてくるようで混乱する。

それと同時に、両親が夜逃げした思い出は、当時の感情までも呼び覚ますようだった。言いあらわすことのできないほどの絶望、孤独、そして恐怖。あれからもう自分は人を信じることをやめたのだ。

エリカは、過去を振り切るように頭を振ると洞窟に入っていった。

キラはとても洞窟には戻る気になれなくて、森を歩いていった。月明かりが届かないうっそうとした場所は闇だ。

何も見えない闇の深さがキラの心を汚染していくようだった。リクをたいせつだと言いながらエリカの提案をはねつけられなかった——そんな自分の心の闇のようだと思った。

そのとき前方でバリバリとビニール袋を破る音がする。何事かと警戒しながら見定めると、老師《ラオシー》がメロンパンを袋から出したのが月明かりでぼんやりと見えた。

「老師《ラオシー》」

「メロンパンはうんまいなぁ。人間が考えた最高のパフォーマンスじゃ」

「質問があるんだけど……」

「花梨のことじゃろ？　仕事がうまくいかなくて困っておる」

「なんでわかったの……？」

「一応、この森で起こるできごと、森にいる人たちの想念、全部把握しておる。それがワシのソウルビジネスやけん」

「ソウルビジネス？」

「誰もが、その人にしかない独自の才能、ソウルビジネスをMINAMOTOから授かって生まれてきておる。ソウルビジネスが仕事になる人、仕事にはならんが趣味になる人、いろいろおるけど、ソウルビジネスは魂の表現なんじょ。いくつからでも必ず見つかる。見つけたら魂が震える。おまはんにも、リクにも、おまはんの母ちゃんにも備わっておる。しかし、おまはんらはまだ見つけておらんのじゃな。ほなけん霧の中で迷子になっとるようにうろうろしとる。ソウルビジネスが見つかったら、まっしぐらじょ」

「それはどうやったら見つかるんですか？」

「『ワクワク羅針盤《らしんばん》』を使うんじょ。日々の生活の中で、ときめくものを選んでいく。ほしたら必ず、その先にそれはある。得意なもの、好きなもの、その中にヒントがあるんじぇ。多くの人が見つけることができんのは、自分ではごっつい（とても）簡単にできるけん、ほれが才能やって気づかんのんじょ」

「ママは？　ママはどうしたらいいの？」

「花梨はなぁ。あの子はおまはんをちゃんと育てなあかんという責任と義務で視野が狭くなっとる」

「責任と義務を果たすのはいいことなんじゃないんですか？」キラは戸惑って尋ねた。

「ええとか悪いとはちゃう。『こうすべき』『こうしなきゃ』って発想が強いと『ワクワク羅針盤』を使えなくなるんじょ。あーだ、こーだ、なんでも頭で考えて、心に従うことができきんのじゃ」

老師《ラオシー》がかじりかけたメロンパンを手の平にのせると「踊る阿呆《あほう》に見る阿呆、同じ阿呆なら踊らなそんそん」と、まるで修験者《しゅげんじゃ》のような厳《おごそ》かな低い声で唱えた。そのユニークな呪文と老師《ラオシー》の権威めいた雰囲気が全然あっていなくて奇妙な感じだ。しかし老《ラオ》師《シー》は真剣そのもの。

いきなりメロンパンの中に花梨が映し出された。

「ママ……！」

ちょうど花梨は仕事の休憩中で、夕食の食材を購入しているところだった。

いろいろな種類が並んでいる中、豆腐を手にとった。一丁280円の木綿豆腐だ。

『美味《おい》しそう』と声が聞こえる。

え!?　とキラは驚いた。ママはしゃべってはいない。どうやら花梨の心の声が聞こえるようだ。

『あ、でも、これ高いなぁ。今の私に、こんな高級なお豆腐はぜいたく、身分不相応だわ』そう言って花梨は、別の一丁78円の豆腐と取り換えた。

「お金がないけん、いちばん安いものを選んだじゃろ。何も、それが悪いことちゃうよ。ほなけんど、身分不相応っていう考えは、自分にはそれだけの価値がないって潜在意識に言い聞かせてるようなもんじょ」

「『ワクワク羅針盤』を使ってないから?」

「ほういうこと。自分のハートがときめくか、体が弾むか、それを感じてみることが大事なんよ。ワクワクときめきを感じて、それを自分に選んでやるのは、おまはんはこれにふさわしい人間ですって自己価値を高める言い聞かせなんじゃ。自己肯定感《じここうていかん》が高いと豊かになる。ほれが自然の摂理《せつり》じょ」

「僕もいつも、いちばん安いからとか、みんながそうしてるからって理由で決めてました」

「ほれが『ワクワク羅針盤』を鈍らせるんよ。み〜んな、ほかの人のことばっかり気にしとる。ほんなことしとったら感性が閉じていくんじょ。自分の好きもわからんようになってしまう。人はええんよ、どうでも。自分が何を感じとるんかたいせつにせんと。他人が持ってない唯一無二《ゆいいつむに》のものを見つけようと思ってるのに、人と足並みそろえて、どうするんじゃ? ソウルビジネスは、人と同じところにはない、独自の才能じょ。最初は仕事になるかどうかなんて気にせんでええ。ワクワクしたら突き進めじゃ」

キラは好きなことをするのは興奮したが、人と足並みをそろえないで自分の好きを追求するのは、はてしなく大きなチャレンジに感じた。人と同じ『普通』の陰に隠れてきた自分にそんなことができるのだろうか？

キラの不安を感じたように老師《ラオシー》が言った。

「小さなことからでええ。おやつを買うときに、『ワクワク羅針盤』を使ってときめくものを選ぶ。試してみぃ。ほんな、たっすい（簡単な）ことで、びっくりするくらい効果があるんを体験するけん」

キラは頷いた。老師《ラオシー》はいつもキラに勇気をくれる。

「選択するときに『ワクワク羅針盤』を使う。それが大事ってことですね」

「ほうじぇ。迷ったときこそ内なる声に耳をすますんじょ」

キラは心の中でエリカから言われたことを感じてみた。

「真実、進むべき道はワクワクしたり、気分が軽やかになったりする。どんより嫌な感覚が来たらストップのサインじょ」

「はい――」エリカの提案に対してキラの心は決まった。霧が晴れたようだった。

老師《ラオシー》はたいせつなことを伝え終わってリラックスしたのか、メロンパンをなめている。深遠《しんえん》な知恵を伝える長老から奇妙なカエルに変身だ。キラは、そのどちらの老師《ラオシー》も好きだと思った。

不思議だった。今までママ以外、他人のことを好きとか嫌いとか考えたこともなかった。でもこの森に来てから好きな人が増えていく。そして世界は、森も空も川の流れも、すべてがとても美しく見えるようになった。

「わかいし（若者）よ、臆病《おくびょう》なまま進め、失敗しても勇気に変わる」

そう言うと、老師《ラオシー》は消えた。


翌朝、出発の準備を整えているエリカに、キラは歩み寄った。

「昨日の返事だけど……」

「うん……？」

「エリカの提案にはワクワクしない。だから断る」

「わかった」

いつの間にか背後からやって来ていたリクが問いかけた。

「なんの提案だって？」

思わずキラは緊張した。

エリカが表情を変えずに言った。

「リクを裏切ろうってそそのかしてみたの」

キラはギクリとした。エリカとそんな話をしたこと自体バツが悪い。

「こえーっ」リクは冗談めかして言ったが、その声は緊張をはらんでいる。

エリカがこともなげに言った。

「そんな策略《さくりゃく》にひっかかるようじゃ勇者になる資格はないわ。キラもリクも勇者になる人たちだってわかった。今日はいよいよクイチピチュにたどりつける。今まで集めた石《ストーン》は四つだったよね？」

キラとリクは頷くと、今まで集めた石《ストーン》を並べてみせた。

第一の赤い石《ストーン》「恐」。内側に意識を向ける丹田の呼吸を身につけた。

第二のオレンジの石《ストーン》「寂」。『ワクワク羅針盤』を取り戻した。

第三の黄色の石《ストーン》「怒」。ライフシナリオをつくり、その主人公になる方法を知った。

第四の緑の石《ストーン》「妬」。感情をコントロールする方法を学んだ。

リクが言った。

「聖櫃《アーク》の蓋《ふた》を開く勇者になるまで、あと三つの石《ストーン》を集める必要がある。三人で力をあわせたら絶対大丈夫だ」

頷きながら、それにしても……と、キラは思った。どうしてエリカは、リクを裏切ろうなどと自分を試すようなことを言ったのだろう？

三人とも緊張していた。聖櫃《アーク》が隠されているクイチピチュに近づいていくにしたがって、ザワザワした不安や怖《おそ》れを含んだ緊張が強くなっている。

『欲しいものが手に入りそうなときがいちばん怖い。手に入ることもそうでないことも両方に恐怖がある』

MINAMOTOのメッセージだった。

キラは体をぶるると震わせた。そんなキラを勇気づけるように、とんびが顔をなめた。

「とんび……」

キラは、とんびの背を撫でた。とんびの柔らかな毛並みは安心をくれる。

――ママもそう言ってたな。

とんびは、まぎれもなく、ダディがいなくなった空白を埋めてくれた家族だ。

冒険が終わったら、とんびを真っ先に海に連れていってやろう。とんびは葉山の海で泳ぐのが好きだ。もしも勇者になれたとしたら、それは、とんびがいてくれたから。

「サンキュー、とんび」

わん！　と、とんびが返事をした。ちぎれるんじゃないかと心配になるほど尻尾《しっぽ》を振った。

三人と一匹が進む道はアップダウンが厳しくなっていた。小さな頂《いただき》に着いたかと思うと、次は谷底まで下りていく。そのうえ、頂から見えるのは山並みだけ。ここがどこかという目印はいっさいなかった。

しばらく進むと突然森が開け、広大なひまわり畑が続いていた。一行はひまわりをかき分けかき分け進んだ。木々の枝をかき分け行くのも骨が折れたが、ひまわり畑を歩くのも別の意味で大変だった。陽射しを防ぐものがないので暑さが半端《はんぱ》ではない。気をつけないと熱中症になりそうだ。リクがリーダーシップを発揮して意識的に給水タイムをとる。ちょうど五回目の休憩のときだった。とんびが、ひまわりの向こうに何かを感じ鋭い声で吠え始めた。キラとリクは緊張して気配に耳をすます。

突然、トカゲ男の集団が襲いかかってきた。

リクはバットで応戦したが、相手の数はあまりにも多い。

「逃げろ！」リクが叫んだ。

キラはエリカにランドセルを背負わせると、自分はベルトをつかんでぶら下がり宙に舞い上がった。

上空から見ると、リクがどんどん囲まれていく。

「どうしたらいいんだ……」

キラは焦った。今日はエリカがいるので、この前のような急降下の攻撃はできない。

あっと言う間に、リクが囚《とら》われてしまった。

トカゲ男が両腕の自由を奪われたリクのポケットから黄色い石《ストーン》を取り出すと、リクを突き飛ばした。どうやら彼らの目的は石《ストーン》のようだ。

しかし、石《ストーン》はまるで意思があるようにトカゲ男の手から飛び出すと、リクのところに戻っていく。トカゲ男たちはリクに向かって突進した。

咄嗟《とっさ》に石《ストーン》を受けたリクは、キラに向かってそれを投げた。

キラがキャッチすると、石《ストーン》はキラの掌《てのひら》にしっかりと収まった。

エリカが呟いた。

「石《ストーン》は持ち主の意思を読み取るんだわ」

「意思を読み取る?」

「リクがキラに持ってて欲しいと思ったからあなたは持てる。でもトカゲ男たちには持てないの。凄《すご》い石《ストーン》……」エリカが感動したように言った。

トカゲ男たちが追ってきたが、上空にいるキラには手を出せない。

「しっかりつかまってて」

キラはエリカに言うとリクのそばに降下した。

「リク、ぶらさがって!」

リクがもう一方のベルトをつかんだ。

ランドセルが急上昇する。

「ひゃっほー！　やるじゃん、キラ！」

ランドセルにぶら下がったリクが叫んだときだった。

突然、ひまわりの間から出現したトカゲ男が銃を発砲した。

鉄砲の弾がびゅんと音をたててキラの耳元をかすめていく。

キラは恐怖で身が縮む思いがした。ランドセルのベルトがみしりと鳴った。見ると、キラのつかんでいるベルトが今にもちぎれそうだった。キラの体重に耐え切れないのだ。いや、ランドセル自体もいつまで三人の重さに耐えられるのか。

そのときだった。

とんびが再度発砲しようとしたトカゲ男にジャンプすると、その肩に嚙《か》みついた。

「シヌ――！」

トカゲ男が変な金属音の悲鳴をあげた。それでもとんびは執拗《しつよう》に男から離れない。

「とんび！」キラは叫んだ。

「逃げよう！」森の中に逃げ込もうとランドセルを急旋回させて向きを変えた。

とんびが、ひまわりの間を懸命に追ってくる。

バンッ！　耳をつんざくような銃声がした途端《とたん》、とんびの姿が見えなくなった。

キラは慌てて、ひまわり畑に戻った。

トカゲ男たちは命令を受けたように一斉に撤退していく。

キラとリク、エリカはランドセルから降りると、とんびを捜した。

「とんび！」

「どこにいる！」

叫ぶ三人の声がひまわり畑に響く。

ひまわりの間を捜すキラの前に信じられない光景があった。

とんびが腹部に弾を受け血を流しながらも、キラに向かって来ようとしていた。

よろよろとあえいだとんびが力尽きてどさりと倒れた。

「とんび！」

キラは必死で駆け寄ると抱き上げ呼びかけた。

とんびの瞼《まぶた》がうっすらと開いてキラを見つめた。

「とんび……」

リクとエリカも走ってきたが、その様子を見て息をのんだ。

とんびのまなざしが何かを語りかけるようにキラを懸命に見つめていたが、次第に力を失っていく。

「とんび！」

キラは、とんびをどこにも行かせまいと叫んだ。

「とんび……僕を置いていかないで！　とんび……お願いだから……」

「とんび！」

「がんばって、とんび！」リクとエリカも叫んだ。

しかし、とんびはもうぴくりともしなかった。

「とんび、尻尾《しっぽ》振ってよ……お願い……きみがいなくなったら、僕は、どうやってダディを捜すの……大人になったら、きみを連れてアメリカに行くんだ……ママとダディを会わせてあげるって約束しただろ……とんび……」

キラは、とんびを抱きかかえて揺すった。

応えはない。

ああ、すべて失われてしまった……。キラは思った。

――どうして!?　こんな物語を僕が書いたというのか！

リクが背後からキラの肩にそっと手を置いて言った。

「キラ……もう……とんびは……とんびを逝《い》かせてあげよう……」

「イヤだ！　僕はこんなこと絶対に信じない！　とんびはずっと僕といっしょに生きてきたんだ！」

キラはリクの手を振り払った。

リクとエリカはとんびをひまわり畑に埋葬《まいそう》した。

キラは膝《ひざ》を抱えて、その様子をぼんやりと眺《なが》めていた。

リクがとんびを埋めた場所を土盛りする。

エリカが摘《つ》んできた花を供えた。

キラは、その前から何時間も動こうとしなかった。

午後になって「そろそろ行こう」とリクがうながした。もう動かないと今日中にクイチピチュにたどり着けない。

「行かない」キラが絞り出すような声で言った。

「え……!?」

「もうやめる……。僕が勇者になろうなんてしなければ、とんびは死なずにすんだ……。僕が……僕がすべての不幸のもとなんだ……」

「そんなこと――」

慰めようとするリクを遮《さえぎ》りキラは言った。

「僕が生まれたことで、ママもダディも辛《つら》い思いをした。とんびはダディが残してくれたたったひとつの宝物なのに……。僕さえいなければ何も起こらなかった……!僕には何かが欠けてるんだ……」

「キラ……」

リクが膝を抱えたキラの正面に座った。

「おまえは不幸のもとなんかじゃない。オレはおまえに何度も助けられた……。キラがいなかったら、ここまで来られなかった」

キラは、ぼんやりとリクを見つめた。リクはいつになく真剣な目をしている。

「キラが言ったことがあったよね。オレが完璧じゃないから身近に感じて好きになったって……オレもそうなんだ。キラのできないことをオレが助けてあげられる。そしてオレのできないことを助けてくれた。そうやってオレたちはやってきた。おまえは何かが欠けているかもしれない。オレだってそうだ。完全じゃないから、お互いが必要なんだよ。おまえにとって、とんびがとてもたいせつな存在だったように、オレにとっても、おまえはなくてはならない仲間なんだ」

「リク……」

キラは言葉が続かなかった。リクの言葉がキラの心の深いところに落ちていく——。

「とんびのことは本当に残念だ。でも、とんびも、オレたちが聖櫃《アーク》にたどりつくのを願ってると思わないか？」

キラは、とんびが埋まった土盛りを見た。今にもそこに、とんびがあらわれそうな気がする。

思えばとんびだけは、どんなキラをも批判しないで、ずっとそばにいてくれた。この森に導いてくれたのだって、とんびだ。

——とんび、きみは、僕が勇者になれるって信じてくれていたのかもしれないね。世界中で誰ひとり、僕でさえ、勇者なんてムリだと思ったときでも、きみだけは僕を守り支えてくれた——。

記憶の中のとんびが、ちぎれるほど尻尾を振った。

「そうだね……そうかもしれない……」

キラはリクを見上げた。

リクが言った。

「続けよう。オレたちの冒険を最後までやり遂《と》げよう。オレにはキラの力が必要だ」

キラが口を開こうとした。

そのとき、キラはエリカの姿がないことに気づいた。

「エリカは？」

「あれ？　どこへ行ったんだろう。さっきまでいたのに……。エリカ！」

名前を呼んだが返事はない。

ひまわりの花は高く、視界をふさいでいた。

ふたりは手分けをして、エリカの名前を呼びながらあたりを捜した。

「エリカ！　エリカ、どこにいるの⁉」

キラの胸に不吉な予感があがってきた。

「まさか、エリカが……」

そのとき、「キラ！」と、緊張を帯びたリクの声がした。

夢中でひまわりをかき分けながらその方角に走ると、リクが愕然《がくぜん》とした表情で立っていた。

手には白に黒のストライプが入ったスニーカー。

「これ、エリカのだ！」

「……タマスに連れ去られたんだと思う」

「！……行こう！」キラが言った。

「キラ」

「エリカを取り戻そう。もう誰も失いたくない」

キラのその強い口調にリクも頷いた。

ふたりが歩み出そうとしたとき、老師《ラオシー》があらわれた。

「おまはんら、とうとう本気で勇者になる決意をしたようじゃな。何かを得ようとするときには何かを手放す必要がある。両手がふさがっとったら、大きなものはつかめんけん」

キラは唇を噛んだ。

リクが老師《ラオシー》にくってかかった。

「んなこと今言うなよ！　勇者になるための試練として、とんびを失ったって言われてる気がすんだろ！」

「とんびはかわいそうなことをした……」

老師《ラオシー》が目を細めてキラを見た。

キラは睨み返した。

「その哀しみ、色と形で解放せんのん？」

「しません」キラは迷いなく断言した。

「この哀しいって気持ちが色と形で消えてしまうなんて嫌だ……哀しいままでいい……大声で泣くかもしれない……何日も死にたいほど苦しんでも……それでもいいです……。この気持ちが、とんびがどれだけたいせつな存在だったか教えてくれる……」

老師《ラオシー》が大きく頷いた。

上空から青い石《ストーン》がキラめがけて落ちてきた。その石《ストーン》はキラの掌《てのひら》の上で「哀」という文字を明るく浮かび上がらせた。

「五つめの石《ストーン》『哀しみ』じょ。キラ、おまはんは哀しみもクリアした」

「僕はクリアなんか……哀しくて、いっぱいいっぱいなんだよ」

キラは戸惑って言った。

「ほれでえぇんじゃ。おまはんは哀しみを受け入れた。哀しみでいっぱいの自分自身にオッケーを出した。ほのこと以上に最強の方法はないんじぇ。感情は受け入れると溶けて変容《へんよう》していく。哀しみは愛になるんじゃ」

キラは青い石《ストーン》を握りしめた。じんわりとハートがあたたかくなる。胸に手をあてた。

「とんびがここにいるよ……このとんびは永遠だ……。ずっと……そばにいる……」

リクも同感だというふうに頷いた。

「キラ、青は表現の色じょ。おまはんは今まで言いたいことを言えずに来た。ほなけんど第五の青い石《ストーン》は、コミュニケーション能力を高めてくれる効果がある。これからはもっと自分をあらわしていけ。もちろん最初は勇気がいる。ほなけんど、ほの一歩の勇気が想像もできん未来に連れていってくれるけん」

「わかりました」

キラは頷いて言った。

「老師《ラオシー》、エリカが大変な目にあってるんです。助けてもらうことはできませんか」

老師《ラオシー》が哀しい色を目に浮かべた。いつになく老け込んだように見える。

「あの子はもう救われん。あの子のいるのは魔境《まきょう》じゃ」

そう言い捨てると消えた。

キラとリクは愕然として、視線をあわせた。
エリカの身に危機が迫っている。それだけは確かだった――。

第六の石《ストーン》「紺」

キラとリクはクイチピチュの中腹にたどり着いた。エリカの痕跡《こんせき》はどこにもなく、タマスやトカゲ男たちの気配もない。

「聖櫃《アーク》を見つけたら、必ずタマスは姿をあらわす。まずは聖櫃《アーク》が隠されている場所を探そう」

リクの提案にキラも異存《いぞん》はなかった。

しかし聖櫃《アーク》はどこに隠されているのか？

そして残りふたつの石《ストーン》はどうすれば手に入るのか？

山は恐ろしく切り立っており、頂上まで行くのは無謀《むぼう》だった。斜面の角度が90度近い。

困惑顔のリクにキラが言った。

「目を閉じて内側からのメッセージを聞いてみよう」

ふたりは岩の上に座ると瞼《まぶた》を閉じた。意識的に深い呼吸をしていると、心が静かになっていく。イメージで老師《ラォシー》が浮かんだ。

「老師が見える」リクが言った。

「僕もだ」キラが答えると、突然、「えらいえらい」という老師の声がした。

ふたりが目をあけると顔前に老師《ラオシー》が立っていた。

「瞑想《めいそう》すると直感力がさえ、ストレスがのうなって集中力抜群になる。学習や記憶に重要な脳の灰白質が増えるからなんじょ」

「カイハクシツ?」

「おおざっぱに言うたら神経細胞のことやな。これが減ってくると、鬱《うつ》になったり物忘れが激しくなったりするんじょ。スティーブはんはグッドな瞑想家じゃった」

「スティーブはん?」

「ジョブズよ。知らんのか?」

リクが「ああ、iPhoneつくった人」と言った。

老師《ラオシー》は続けた。

「ビル・ゲイツのおっちゃんも、マドンナ嬢ちゃんも、ああ、リクの好きなイチローも瞑想しとるんじゃ。パフォーマンスが上がると言うてな」

「老師《ラオシー》、僕たちは聖櫃《アーク》の場所を知りたいんです」

キラが焦ったように言うと、老師《ラオシー》がじろりとキラを見た。

「そんな焦った状態の者に聖櫃《アーク》は絶対に見つからん」

「でも早くしないとエリカが！」

リクも抗議するように前のめりになった。

「落ちつかんか。ほのためにも瞑想がええ」

キラは、老師《ラオシー》があまりにものんびりとしていることに苛立《いらだ》ったが、ふと、今まで老《ラオ》師《シー》が言ったことに間違いはなかったのを思い出した。

「瞑想ってどうやってするの？」しぶしぶリクが尋《たず》ねた。

「大事なんは呼吸じぇ。鼻の穴のかすかな息の通りを観察する。背筋はまっすぐ。考えや思いが湧《わ》いてくる。ときには激しい感情が出たり、不思議な光を見たり、何か体験が起こったりすることもある。ほなけんど惑わされたらあかん。戻るのは呼吸じょ。呼吸は〝今ここ〟に意識を戻してくれる」

「〝今ここ〟？」

初めて聞く言葉だった。

「意識が今、ここにある状態ということじゃ。みんな、体はここにおっても、意識はここにないことが多い。やってしまった失敗を悔いて過去に行ったり、将来の不安で未来に行ったりする。仕事をしながら夜のデートのことを考え、ご飯を食べながら仕事のことを憂《うれ》う。いつも、《今》《ここ》ではないところに意識が飛ぶ。呼吸だけが、《今》《ここ》にある真実じょ。ほなけん、呼吸に意識を戻すことが〝今ここ〟になるんよ」

「〝今ここ〟に戻ったら、MINAMOTOからメッセージが降りてくる？」キラが好奇心いっぱいで訊《き》いた。

「MINAMOTOそのものになる」

「え？」

「MINAMOTOからメッセージが来るというのはMINAMOTOと自分が分離しているという幻想の中にいる。しかしワシたちは、『ひとつ』。MINAMOTOそのものになると、メッセージになる。行為になる。歌になる。ダンスになる。呼吸になるのじゃ」

老師《ラオシー》はふたりの理解度を確認するようにキラとリクを見ながら続けた。

「すべてとのつながりを取り戻す。つまり宇宙の完璧な流れに乗る」

「よくわかんないな……」リクが頭を振りながら言った。

キラは老師《ラオシー》の言うことを〝頭〟で理解しようとした途端《とたん》、たいせつな何かが消えていく気がしていた。ハートで聴こう、そう思ったら、とてつもないエネルギーが体の奥底から湧いてきて、体がワクワク弾んで爆発しそうになった。

これはとてもとてもたいせつなこと。人生に変革をもたらすほどのこと。頭の理解が追いつかなくて当然だ。そんな感覚が強くなった。

「それには今この瞬間、心がここにあることが大事なんだね？」

キラはキラキラした瞳で老師《ラオシー》を見つめた。

「ほうじゃ、最も大事と言うてもええ」

老師《ラオシー》は頷《うなず》いて続けた。

「それに関連して、もうひとつ、教えを与えよう」

キラとリクは背すじを伸ばした。

「どんな自分にもオッケーを出すんじゃ」

「どんな自分にも？」リクが不思議そうに言った。

「ほうじぇ。キラはとんびがのうなったとき、哀《かな》しみに暮れる、弱々しい自分にオッケーを出したじゃろ？　あれをどんな自分にもするんじょ」

「どんなって、意地悪な気持ちがいっぱいの自分にも？」リクが口を出した。

「ほうじゃ」

「臆病者《おくびょうもの》の自分にも？」

キラも戸惑った。

確かにとんびが死んだとき、哀しみで壊れそうな自分を受け入れた。しかし、意地悪な気持ちのときや、嫉妬《しっと》したり、臆病だったり、怒っていたりするときの自分を承認することなどできそうにない。それにそんなことをしてどうなるというのだ？

「そんなことしたら成長しないよ」

リクがキラが思っていることを代弁したように言った。

「いや、反対じょ。どんな自分も全肯定《ぜんこうてい》したとき、ミラクルが起こる」

「嫌な自分を全肯定……」

ムリだよというふうにリクが肩を上げてみせた。

「どんな自分も素晴らしい、そのことに気がつけということじょ」

「そんなこと思えないよ」キラも言った。

「思えなかったら、どんな自分も素晴らしいふりをしてみる、それくらいでもええ」

「ミラクルって……どんなことが起こるんだ？」不信感いっぱいでリクが訊《き》いた。

「それはもう表現しきれんくらい、ようけのミラクルが起こる。ほなけんど、それは今は言わん。なぜなら、おまはんらに先入観を与えることになるけんな。体験はまっしろなところで、したほうがええ。とにかく今から、どんな自分も、どれほど毛嫌いしている部分も肯定するんじょ」

老師《ラオシー》はいつになく強い口調で続けた。

「目標や夢に向かって行動することはとても大事じゃ。ほなけんど何をするかよりもたいせつなことは、それをどんな意識でやるかじぇ。ＤｏよりＢｅに意識的であることじゃ。自分はダメやっていう前提で物事にトライするんか、自分はできるって信じてチャレンジするんか、結果はごっついちゃうぞ。現実はすべて、おまはんらの、自分に対して持っている考えによるんじょ。全肯定した上で、好きなことをひたむきにやる。ほしたら、厚い雲に覆《おお》われた自分の枠からポーンと飛び出る。ほの枠の外では、夢が向こうからあらわれるんじゃ。夢を追いかけるのではなく、夢に招かれるようになる。そしてほの次元では想像を超えたミラクルが起こり始める」

老師《ラオシー》はじっとふたりを見つめた。目を通して、深遠《しんえん》な知恵が注げるとでも思っているようだ。それはまるでふたりに対する祈りのようだった。

「わかいし（若者）よ、夢の扉は、意思ある者にだけ向こうから開く」

老師《ラオシー》は姿を消した。

キラはリクにちょっと考える時間がほしいと頼んだ。

老師《ラオシー》の教えが今まで以上に貴重なものだと直感が告げていた。その教えを自分に落とし込むには、ひとりのスペースが必要だった。

キラは瞑想に戻った。

そして呼吸に集中しようとしたが無理だった。髪のことが心を惑わせる。

青い髪を肯定する――それを考えただけで体が震える。それは人類全体を敵にまわすほど怖いことだ。

——僕の髪が青いことを知ったら、リクはどんな反応をするのだろう……。

みんなは？　町には住めないことになるかもしれない。それどころか、伝染病ではないかと噂《うわさ》がたって、牢獄《ろうごく》のような病院に隔離《かくり》されるかもしれない。

それでも全肯定。

こうやってビビって腰砕《こしくだ》けになっている自分にもはなまるをつけるということか。考えれば考えるほど怖さが増してくるようだ。

『勇気だ。思いを変えるのも、行動を起こすのも、必要なのはおまえの勇気。それは誰にも与えることはできない。おまえが自身に与えるしかない。自分のいちばんの味方、応援者になってやるのだ』

今までにない長いメッセージがインスピレーションとしてやって来た。

キラは、ふーっと息を吐《つ》いた。

この旅のいろいろなシーンが蘇《よみがえ》る。

タマスに聖櫃《アーク》を奪われたら闇の世界になると聞いて、「勇者になる」と〝つい〟言ってしまったこと。

死の淵《ふち》でママを見て生きようと立ち上がったとき。

ランドセルに乗ってマンゴーを武器にタマスと闘《たたか》った。

トカゲ男に頭突きをしてエリカを助けた。

リクに嫉妬する自分と向きあった——。

そのどれもが、やってみる前には、とうてい自分にできることだとは思えなかった。目をつぶって谷底に飛ぶような恐怖のときもあった。

それでも、飛んでみたら、大丈夫だった。

ものごとは行動を起こす前がいちばん怖いに違いない。試されているのかもしれない。

死ぬかもしれないと思うほどの恐怖を感じさせて、おまえは本当にこのことに挑戦する意思があるのかというお試し——。

必要なのは勇気だけ。未知なるステージにジャンプするかどうかの意思だけ——。

キラは目を開けると、誰に言うともなく宣言した。

「僕は、僕を全肯定する。僕は素晴らしい。僕は限界なく自分を愛する」

森の偵察から戻って来たリクがハッとキラを見た。

キラの髪がみるみるブルーに変わっていく。

その青さは、真っ青な空に溶けていきそうなほど。

「キラ……髪が……！」

リクの驚愕《きょうがく》にキラは髪が青く変わったのを悟った。

「生まれたときから青いんだ……やっぱり……僕、変かな……？」

リクに嫌われるかもしれない不安と怯《おび》えが襲ってくるのを蹴散《けち》らすように言った。

ははははは！　リクが笑い出した。

——そんなに奇妙なんだ……やっぱり……。もう六年近く髪を染め続けてきたのだ。

青い髪がどんな風になっているのかキラ自身想像もできなかった。

「何言ってんだ！　むっちゃかっこいいよ！」リクがキラの肩をパンと叩《たた》いた。

「なんで今まで隠してたんだ⁉」

キラは、リクのリアクションが思ってもみないもの、いや、それどころか予想と真逆だったので、どう返したらいいのかわからなかった。

だけどもう自分に嘘《うそ》をつくのは嫌だという強烈な思いが湧き上がってきた。

——このままの、臆病で、どうしようもない、そのままを、はなまるにする！

キラは目の中に入っていたコンタクトレンズをむしり取った。青い目が戻ってきた。

それは透明度の高いブルーだった。

リクがその瞳を覗《のぞ》きこんだ。

そして息をのんだ。

「キラ……なんて……キレイなんだ……！」

青い目と青い髪。

——リク、これが僕なんだよ。

胸の奥から震えるような感動がこみあげてきて、それをどう表現したらいいかわからないキラは大きく飛《と》び跳《は》ねた。

ああ、もう体が止まらないんだ。今まで封印《ふういん》していた力が一気に戻ってくる。

キラは跳ねる度《たび》、笑いがこみあげてきた。

キラのヨロコビが体から波のように放射してリクにまで伝わった。リクも笑った。

ふたりは笑いながら跳ねた。

キラは衝動のようにやって来たヨロコビが落ち着くのを待って口を開いた。

「リク。僕は世界中でいちばん自分が嫌いだった。青い髪の自分はバケモノだ、価値がないと決めつけてた。僕を嫌っていたのは、ほかの誰でもない僕自身なんだ。それから第二、第三の、僕を嫌う僕が増えていった。イジメられたり、棄《す》てられたりしたのは、僕が自分自身をそうされて当然の、価値のない存在だと思っていたからだ──

──」

リクは、今までになくキラが雄弁に一気に語るのを見守った。

「もしも、僕が、このままの自分にはなまるをだしたら、誰が僕を嫌おうと気にならなくなる。いや、それは『嫌う』その人の問題というか、その人が向き合うべきことで、僕には関係がないってわかる。嫌われることが怖くて小さくまとまったり縮こまったりしていたのが信じられない。こんなに自由になれるのに！」

キラは風に乗ってどこまでも行けそうな気がした。

「リク、自分を好きになることは、ハッピーな毎日を過ごすもっとも簡単でパワフルな方法なんだよ！」

リクも腑《ふ》に落ちたように叫んだ。

「オレたちの想いが今日をつくってるから！」

キラは大きく頷いた。

「そう！　自分に力がある！　そのことを思い出したら自分にオッケーが出せるよね」

「イエイ！　幸せ特急便のチケットをもらったみたいだ！」

「エリカにも教えてあげなくちゃ！」

キラに閃《ひらめ》きがやって来た。『鶴と亀の真ん中』という言葉だ。

「鶴と亀ってなんだろう？」キラは意味がわからなくて呟《つぶや》いた。

「鶴と亀？」

「鶴と亀の真ん中、ってインスピレーションがきた」

「かごめかごめみたいだな」

思案顔《しあんがお》で言ったリクが、ふと、山の斜面の先を見て指さした。

「あれだ！」

キラが見ると、湖に面した山の斜面に、鶴の形をした岩と亀の形をした岩が並んでいる。

「あの真ん中に聖櫃《アーク》が隠されてるんだ！」

ふたりはそのふたつの岩に向かって駆《か》けだした。

岩のところまで来ると、リクが鶴岩と亀岩の間の距離をバットで測って、そのちょうど真ん中に立って言った。

「オレらはまだ石《ストーン》は五つしか持ってない。七つ集めないと聖櫃《アーク》を開く資格はないって老師《ラオシー》、言ってたよな」

キラは頷いた。ここを掘って聖櫃《アーク》を仮に見つけたとしても、今の自分たちに開くことはできない。

「どうする？」リクが戸惑って尋ねた。

土を掘り返している間に石《ストーン》はもたらされるのかもしれない。そう思ったキラは、とにかく掘ろうと提案した。

聖櫃《アーク》がどのくらいの深さに埋められているのか全く予想もつかない。夜までに見つけることができるのか確信もないのだ。早く行動するに越したことはなかった。

しかもふたりとも土を掘る道具もない。

キラはスケッチブックを広げ、リクと自分が、軽くて頑丈で、使いやすいシャベルを持っている絵を描《か》いた。そんな都合のいいものがすぐにあらわれるのか自信はなかったが、できることをすべてやるしかない。

それからふたりは、夢中で土を掘り始めた。地盤は固く、とても素手で掘れるものではない。くじけそうになる心を奮い立たせて、お互いに励ましあいながら土を掘り返している最中だった。

ふと気づくと、ふたりの足もとに、キラが描いたのと同じシャベルが二本あった。

「すげぇ！」リクが感嘆の声をあげたときだった。

いつの間にかトカゲ男たちの集団に囲まれていた。

トカゲ男たちも同じシャベルを持っている。

「やべえよキラ、おめぇ、シャベルのおまけでトカゲ男、出現させちまったみたいだ」

キラも息をのんだ。何十、何百というトカゲ男がふたりをとり囲んでいる。咄《とっ》嗟《さ》に置いてあったランドセルに手をかけようとすると、いつの間にか、トカゲ男たちに奪われていた。リクのバットも同じくだ。

まるで軍隊のようなトカゲ男たちがふた手に分かれて花道のようなものができると、その間からタマスがあらわれた。黒いマントに白い仮面。

キラとリクは、タマスと対峙《たいじ》するように立った。

「エリカはどこにいる？」キラが尋ねた。

タマスが無言で持っているものをふたりに見せた。

キラとリクはショックを受けた。それはエリカのたいせつにしていたドローンのコントローラーだった。

やはりタマスがエリカを拉致《らち》したのだ。

「エリカは無事なのか？」リクが問いただした。

「今は」低くくぐもった声がした。仮面の下から響いてくるその声はいっさいの感情を感じさせず抑制されていた。それがキラを凍《こご》えさせた。

――こいつは何をするかわからない……。人間の感情をなくしてしまった者は限度なく残酷《ざんこく》なことをする。

「エリカを返せ」キラが一歩前に出て言った。

タマスが苛立ったように顎《あご》を上げると、キラに向かって何丁もの銃口が向けられた。

キラは怖くて歯がガチガチ鳴りそうだった。だからこそなおさら前に出たのだ。もし逃げ出したら、それは自分の潜在意識に自分は臆病だと信じさせることになる。そうしたら、それがまた臆病な自分を感じさせる現実をつくるだろう。どこまでも永遠に続くメリーゴーランド。どこかで臆病者のサイクルから抜け出す必要がある。キラは足を踏ん張ってタマスを睨《にら》みつけた。

地獄から響くような声でタマスが言った。

「石《ストーン》をよこせ。石《ストーン》に私が持ち主だと命令するのだ」

「断ったら？」リクが肩を怒らせた。

「エリカを殺す」タマスが冷徹《れいてつ》な声で言い放った。

動揺を隠して、キラはタマスを睨みつけ言った。

「エリカはどこにいる？」

「石《ストーン》が先だ」タマスが答えた。

「エリカが無事だと確認できるまで交渉はしない」リクが言った。

タマスは舌打ちすると、ドローンのコントローラーを操作した。

ドローンが空中高く飛んでくるとタマスの足もとに着地した。タマスはドローンに搭載《とうさい》されたカメラをキラに投げた。

カメラを再生すると、そこにはエリカが映っていた。どこかの木にしばられた姿が痛々しい。

「助けて！　キラ、リク……！」涙ながらに訴えている。

「エリカ……！」

キラとリクは言葉を失った。

——どうしたらいい……！

キラはなす術《すべ》のない怒りに拳《こぶし》を握《にぎ》った。キラから怖《おそ》れが消えていた。エリカの姿を見たことで彼女を救いたい想いが怖さに勝ったのか、卑劣《ひれつ》な手段をとるタマスへの怒りが燃え上がったからか。それはリクも同じだった。

タマスが言った。

「石《ストーン》を渡したら、おまえたちもエリカも解放する」

「そんなこと信じられるか！」

リクが怒りをこめて叫ぶのにキラも同意した。

「今すぐエリカを連れてこい！　そうしたら信じる」

タマスの口元に残忍な笑みが浮かんだ。

「何を勘違《かんちが》いしている。おまえたちに選択肢があると思っているのか。言うことを聞かないなら、今すぐエリカを殺すだけのこと」

タマスが顎を上げた。とたんにトカゲ男たちの一団が列をなし踵《きびす》を返して行こうとする。

「キラ！」リクが悲鳴のような声で呼んだ。

「リク……」

キラはリクと視線を交わした。そして頭を振った。打つ手はない。

キラがポケットから四個の石《ストーン》を出したのを見てリクが言った。

「それを渡して、あいつが聖櫃《アーク》を手に入れたら闇が世界を支配するようになるんだぞ」

「わかってる……でも僕はエリカを見殺しになんてできない……」

「同じくだ……」リクもポケットから石《ストーン》をひとつ取り出した。

キラが心を決めたように言った。

「最後まで諦《あきら》めない。タマスの要望を聞いたように見せかけて油断させよう。諦めない限り逆転のチャンスはあるはずだ」

「ああ。野球の試合とおんなじだ。諦めるまでゲームは終わらない」

「それに……」キラが口ごもった。

「どうした?」

「それに僕は思うんだ。世界は簡単に闇になんて支配されない。一度はそうなったように見えることが起こるかもしれない。だけど、世の中にはうちのママのように心がきれいな人たちがいる。それにとんびも……リク、きみもそうだ。僕は世界がこんなに優しいって今まで知らなかった。この優しい世界がなくなってしまうはずがない」

リクが目をまん丸くして感心したように言った。

「キラ、口下手さんはどこへ行った?」

「口下手の自分にもはなまるをつけたんだ」

ふたりは互いに勇気を与え合おうと軽口をたたいた。

キラは、こんなときこそ深刻にならないリクの態度が好きだった。それは野球の試合で難局に立たされれば立たされるほど、力を抜いてリラックスすることを余儀《よぎ》なくされて身につけた性分《しょうぶん》に違いなかった。

タマスがふたりの会話を遮《さえぎ》った。

「心は決まったか？」

キラとリクは頷いて、石《ストーン》をタマスに渡そうと歩み寄った。

――石《ストーン》よ。僕たちを導いたように、これから持つ人たちも真実に導いてくれ。

キラは心で祈った。そして石《ストーン》を差し出した。

タマスが手を伸ばそうとした、まさに、その瞬間。

突然、静かな湖面が割れて何かが出現した。

嵐のような水しぶきが飛んできて、トカゲ男たちが尻餅《しりもち》をついた。

その物体はあまりにも巨大すぎて、全体像をすぐにつかむことができない。

空にも届くほどの勢いで水中から飛び上がったようだった。

見上げると、それは巨大な龍だ。

なんと、頭が七つもある。キラはハッと思い至った。筏《いかだ》から湖に飛びこんだとき、キラキラと光ってヘビの鱗《うろこ》のように見えたのは、この龍だったに違いない。

さすがのリクも腰を抜かしている。

キラはリクに駆け寄り助け起こした。

リクは腰を抜かしたことを恥ずかしく思ったのか、「マジで半端《はんぱ》なくね、この冒険。ありえねーだろ!」と叫んだ。

——ホントにありえない。つーか、どうやって切り抜けるんだ。

前にはタマス、後ろには龍。

「この龍を倒した者が勇者と認められる」

そう言ってタマスが右腕を上げた。銃を持ったトカゲ男たちが一斉に龍に向かって撃ち始めた。弾が龍の胴体に命中して、一瞬大きくのけぞったかと思うと、大きく口を開いて炎を噴《ふ》いた。七つの頭から同時に噴射する激しい炎がトカゲ男たちを吹っ飛ばしていく。

龍のひとつの頭の目が赤く光ったかと思うと、タマスの仮面めがけて火を噴いた。

タマスは鶴岩の陰に隠れようとしたが、間に合わず、炎が仮面を溶かした。

仮面の下からあらわれた顔を見て、キラもリクもぽかんと口を開けた。

そこにあったのは、白く凍るようなエリカの顔だった。ふたりを魅了《みりょう》した親しみやすい笑みは消え、人を寄せつけない冷たく固い表情は、まるで見知らぬ他人のようだ。

「エリカ……?　どうしてエリカがタマスのふりを!?」リクが驚いて訊いた。

「!……違うよ!　エリカがタマスだったんだ!」

衝撃的な確信がキラの身体《からだ》を貫いた。

そう考えると辻褄《つじつま》のあうことが多すぎる。エリカがふたりと同行している間、タマスは姿をあらわさなかった。リクを裏切ろうとそそのかされたこともあった。

そして老師《ラオシー》。確か老師《ラオシー》はタマスと周波数が違い過ぎて同じ空間に出現できないのだと言っていた。老師《ラオシー》はエリカがいるときにはふたりの前にあらわれなかった。

タマスがエリカを拉致《らち》して殺すと自作自演、ふたりを脅迫したに違いない。

リクも今度は軽口を叩《たた》けなかった。それほどふたりはショックを受けたのだ。

信じていた者に裏切られた、鋭い刃物で切り裂《さ》かれるような痛みがキラの胸を襲った。

「エリカ……どうして!?　どうして闇になど魂を売り渡してしまったんだ!?」

キラは、苦痛にあえぎながら尋ねた。

ふたりは、タマスよりも、「エリカ」のほうが真実だと信じたかった。今にもエリカが「嘘よ」と言ってくれるのではないかと、祈るような気持ちで彼女を見つめた。

しかしエリカは冷たい横顔でこともなげに言い放った。

「石《ストーン》をよこしなさい！　聖櫃《アーク》はおまえたちには渡さない。私が世界を支配する」

そのとき、龍が尾を振り上げたかと思うと、激しい音をたてて振り下ろした。

龍の尾の旋風《せんぷう》で、キラとリクは吹き飛ばされた。

トカゲ男たちは飛ばされた上に炎で焼かれた。

暴れ狂う龍に恐れをなしてトカゲ男たちが逃げ出していく。

エリカ、いや、タマスも悔しそうな顔をすると後を追った。

キラとリクはその背を見送った。

あれがエリカの本当の姿なのか……せつない感情がキラを揺さぶった。

自分と同じように貧乏を味わったことのあるエリカ。

親に棄てられ借金まで背負わされたエリカ。

最初からエリカは闇の世界の人間だったのではない。

無情な大人たちの残酷さが彼女を闇の世界に追いやったのだ。

どうすることもできないのだと思うと、キラの口から叫びがもれた。

心から絞り出すような哀しみの雄叫《おたけ》び。

「もう絶対に嫌だ！　こんな世界！　勇者になって誰もが幸せに暮らす平和で優しい世界をつくる！」

キラは決意を新たにすると、落ちていたランドセルを拾い、空に上がった。

バットを拾いに飛んで行くとリクに投げた。

「あざーす」リクが言った。

ふたりの視線が交わった。

「行くよ」

キラのまなざしがリクに語りかけた。

「ああ行こう」

リクの想いが瞳を通して返ってきた。

龍との闘いは聖櫃《アーク》への登龍門。聖櫃《アーク》を手にするためにこの闘いを避けては通れない。ふたりはこれが死を覚悟するほどの闘いになると感じていた。

キラは自分が命をかけて守ろうとするものができたことに心が震えた。

——生きていてよかった……。

はじめて「生きている」という実感が身体のすみずみまで満ちわたった。

生きる醍醐味《だいごみ》は、守りたいもののために死んでいく覚悟をすることだ。

そのことが深く腹に落ちたとき、リクも同じ思いでいることがまなざしだけでわかりあえた。そんなリクの、仲間の存在が、キラには勇気だった。

死を恐《おそ》れない、そう思ったら、もうどこにも臆病者のかけらはなかった。

キラは思った。

——僕は、幼いころのエリカの心を守る。闇が忍び込まないように。

きれいなママを守る。優しい世界を守る。

そうしてキラは、リクと一緒に龍に向かっていった。

七つの頭を持つ龍は激しく体をくねらせて、ふたりに向かってきた。

リクはバットを手に応戦しようとするが、立ち向かえるものではない。

キラとリクはランドセルを噴射させて上空に舞い上がった。

ふたりに向かって龍が大きく頭をのけぞらせる。

風が舞い、水しぶきが跳ねた。

ふたりは龍の背後にまわって視界から消えようとしたが、七つの頭、十四の目が四方八方からふたりを取り囲んで隙《すき》を与えることはない。

『目だ』

MINAMOTOの声が聞こえた。

「リク、目を狙《ねら》え！　目が急所だ！」

キラはランドセルで龍の目ギリギリまで近づいた。

龍が大きく口を開いてふたりをのみ込もうとするとき、ビュンとランドセルを旋回させる。

リクがバットで目を思いっきり突き刺した。

しかし何も変わらない。龍は依然《いぜん》ふたりの行く手を塞《ふさ》いでいる。

「あ！」キラは気づいた。

「リク、今の頭は幻想だ！　本当の頭はこの中のどれかひとつ！　それを見極めれば勝てる！」

キラとリクはランドセルを噴射して龍の頭近くに寄った。

今にも炎を噴きそうだ。もし直撃されたら、ふたりはひとたまりもなく命を落とすことになる。

だが幸運なことに龍は炎を噴くことなく、ただ七つの頭をのけぞらせて、ふたりの動向を見極めようとしているようだ。

――どれが本物の頭なんだ。

「落ち着いて。ライトボールの中に入ろう」

ふたりはライトボールをイメージした。

キラが目を閉じた。リクは精神をバットに集中させた。

キラの心からざわめきが消えて、今まで体験したこともないほどの「静寂」が訪れた。それは、まさに「無」だった。

閃《ひらめ》きが訪れた。キラは、七つのうちのひとつの頭を指さした。

「アレだ！　アレが本物の頭だ！」

リクが高くジャンプして、その頭の目をバットで突き刺そうとした。

龍は大きく口を開いて炎を噴いた。

リクは炎に行く手を阻《はば》まれ、湖に落ちていく。

「リク！」キラはランドセルを猛《もう》スピードで飛ばして後を追った。
あと少しで湖に落ちるというところでリクの手をつかんだ。
「助かった！」
リクはランドセルに手をかけると、再度、その頭の目めがけて刺そうとした。
そのとき。
キラは、龍の目の奥とかちりと意識があった。
驚愕《きょうがく》がキラを襲った。
「リク！　やめろ！　やめるんだ！」
リクは今にも龍の目に届こうとしていた。
キラはその前に身体ごと飛び出していった。
バットがバシッとキラを打った。
「キラ⁉　どうして⁉」
バットに打ちすえられたキラの身体が落下していく。
すると、龍がその長い首をひるがえし、キラをふわりとすくい上げた。
キラは龍の背中にまたがった。
愕然《がくぜん》とするリクに、キラが顔を上げて言った。
「リク、この龍は僕たちが本物の勇者かどうか見極めてる！　聖櫃《アーク》を守っているんだ！」

キラが叫んだとき。龍の六つの頭が忽然《こつぜん》と消え、ひとつ残った頭が大きく口を開けた。その中から石《ストーン》があらわれたかと思うと、キラに向かって飛んで来る。

それは紺色の石《ストーン》だった。

キラがリクに投げてみせた。

受け取ったリクは石《ストーン》を見た。「我《が》」という文字が輝いている。

いつの間にかあらわれた老師《ラオシー》が言った。

「キラは『我』を捨て『無』の境地になったから、七つの頭のうち本物がわかったんじゃ。そして、龍が聖櫃《アーク》の守り神、勇者の味方だと見抜いた。

第六の紺の石《ストーン》は、直感力を増し、進む道に対して信頼を持つことができるようになるという効果があるんじょ」

これで六個の石《ストーン》が集まった。

あとひとつ。

聖櫃《アーク》はすぐそこにある――。

リクはキラを見た。

龍の背中に乗った青い髪の少年。

龍の鱗と青い髪が陽光にキラキラと輝いて、あたりを黄金色に染めた。

それは、龍の背中に乗るこのときのために、キラに青い髪という試練が与えられたかと思えるような光景だった。


しかし、まだ難関は終わってはいなかった。最後の試練。

鶴岩に乗ってメロンパンをなめながら老師《ラオシー》は呟いた。

「わかいしよ、夜明け前がいちばん暗い。宝物は手にするときがいちばん怖い――」

第七の石《ストーン》「紫」

龍は、キラを鶴岩と亀岩の間に降ろすと、湖に潜っていった。

鶴岩と亀岩の間を掘り進んだキラとリクは、がつんと手ごたえを感じて、とうとう聖櫃《アーク》にたどり着いたと沸き立った。

しかし掘り起こしてみたら、それはただの岩だった。ガックリ肩を落とすリクに、キラが叫び声をあげて指さした。

「これを見て！」

岩に英語が書かれていた。

「Arinoto over」

「アリノト　オーバー……ってなんだ？」そう言ったリクが、つい胸からこぼれ出したように呟《つぶや》いた。

「エリカがいたらなぁ」

キラの顔が哀《かな》しみに歪《ゆが》んだ。空を仰いだ。青く抜けるような空があった。平和そうに見えるこの空の下で、争い、喧嘩《けんか》し、殺し合う人たちがいる。『分離』が起こったがために――。

――MINAMOTOよ。僕たちは本当は『ひとつ』なのに、なぜ『分離のゲーム』をはじめる必要があったのか⁉

『ひとつ』だとしたら、善と悪、光と闇、そんな分離もなかったはず――。

キラの想いは祈りになった。

――『ひとつ』に戻りたい。


リクがキラの物想いを破って言った。

「蟻《あり》の門《と》渡《わた》りだ……！」

「え？」キラがリクを見た。

「Arinoto overの意味だよ。長野へ家族旅行に行ったときに戸隠山《とがくしやま》にあるって聞いたのを思い出した。蟻の門渡りっていうのは、あまりに狭いから、蟻が一列で通れるくらいってたとえで名づけられた道らしい。きっとこの山に蟻の門渡りがあるんだよ」

「どうやってその場所を見つけるの？」

「頂上に登ったら上から見えるかも……」

「この山を登るのって……」

キラは切り立った山を見上げた。装備もないのに登るのは危険すぎる。

「なんだよキラ、オレら最強の武器があんじゃん！」

リクがそう言うとランドセルを目で指した。

あ！　キラは笑い出した。そうだ、ランドセルに乗って上空から蟻の門渡りを探せばいい！

ふたりはランドセルを噴射させて空に舞い上がった。

頂上近くまで上がり、見下ろす。しかし、そんな切り立った道は見えない。

どうしたものかと思案しているふたりの前にピンクのふわふわした光があらわれた。

「リク、ピンクの光見える？」

「いや――」

ピンクの光はふたりを導いているようだった。

「この光についていくのワクワクする？」

「ワクワクするかも。キラは？」

「もちろん！」

キラはピンクの光の球体を追ってランドセルを進ませた。

光の球体は湖に面しているのとは逆の山の中腹に下りていった。

すると両脇が切り立った一本の道が見えた。いや、道とはいえないかもしれない。人がひとり通れるかどうか、片足ほどの幅しかない。その道の真ん中まで来ると、光の球体は消えた。

「ここだ」

キラとリクは慎重に地上に降りた。それは岩の連なりにできた蟻の門渡りだった。非常に嶮《けわ》しく一歩間違えるとまっさかさま。岩肌には落下を和《やわ》らげてくれる木立も草もない。一気に谷底へ転落するに違いない。

「こんなところのどこに聖櫃《アーク》があるんだろう？」リクが不思議そうに言った。

きょろきょろとあたりを見回していたキラは、目の端《はし》に黒い物体が横切るのをとらえた。

「あれは……ドローンだ！」

ハッと気づいて言った。

「タマスにつけられてる！」

そのときだった。タマスがトカゲ男たちを連れてあらわれた。

「生け捕りにせよ」

タマスが命じると、肉切包丁を持ったトカゲ男たちがふたりに迫ってきた。リクはキラを背に守りながらバットを構えた。襲いくるトカゲ男たちの包丁攻撃をかわして、バットで打つ。バランスを崩《くず》したトカゲ男たちは谷底に落下していった。

バランス感覚はキラとリクのほうが優っていた。小柄な分、蟻の門渡りでの闘《たたか》いはふたりが有利だ。しかしトカゲ男たちは、倒しても倒しても次から次に襲ってくる。何十四ものトカゲ男たちが列をなしているのだ。キラはリクが疲れてきたのに気づいた。

キラはランドセルを噴射させると、リクに「つかまって！」と叫んだ。

上空に上がったふたりを見て、タマスが怒りを爆発させた。

「もう容赦《ようしゃ》はしない。殺せ！」トカゲ男たちに命じた。

銃をかまえた十数匹のトカゲ男たちが一斉にふたりに向かって発砲してくる。

キラはランドセルを上下に蛇行《だこう》させて弾をよけた。しかし全部はよけきれず、キラの頬《ほお》をかすめ、血が流れた。真っ赤な鮮血が風に散っていく。

それを見たリクが悪態をついた。

「なんだよ、生け捕りにすんじゃなかったのかよ！　マジで切れたオレ。キラ、タマスめがけて急降下してくれ。そのスピードを使って、オレがバットであいつの頭をかち割ってやる。トカゲたちはタマスがいなくなったら逃げ出すだろ」

「……」

「どうした、キラ？」

答えず黙っているキラをいぶかしく思ったリクが訊《き》いた。

「どうしても……エリカが敵だと思えないんだ……」

「エリカだって思うから惑わされるんだってば。あれはエリカなんかじゃない。タマスという闇将軍。世界を悪で支配しようとしている悪者だ！」

「悪者も『ひとつ』から分離してあらわれたものなんだ――」

そう言った自分の声にキラの内側で何か目覚《めざ》める感覚があった。ずっと求めていた答えにたどりつくときのような――。

びゅん！　と音をたてて弾が飛んできた。

「キラ！　そんなこと言ってたらオレたちがやられる！　キラがやらないならオレがタマスをやっつける！」リクが怒りいっぱいの声で叫んだ。

そのリクの怒りを鎮《しず》めるような穏やかな声でキラが言った。

「リク、タマスは僕に似てる、いや、彼女はタマスという鏡に映った僕なんだ――」

「え？　なんだって？」

「タマスも苦悩から生まれた。貧乏から、裏切りから、苦しみの先にどうしようもなく生まれたんだ」

「だからなんだよ！」

「お願いだリク、タマスに怒りを向けないで。タマスは怒りを向けるとパワーアップする。人の怒り、憎悪《ぞうお》、そんなものをエネルギー源にして強くなる」

「でもどうしたら？　このままではいられないよ」

キラは目を閉じた。そして言った。

「ライトボールをイメージして。僕とリクのライトボールが重なり大きくなってタマスも包む」

言われた通り、リクも目を閉じた。その間もトカゲ男たちの撃つ弾は激しくふたりに飛んでくる。

「やべぇだろ、マジでこれ。オレ、ガンジーじゃねえっつの！ ガンジーってじいちゃんは、『握《にぎ》り拳《こぶし》とは握手ができない』って言ってたって監督が。てか、んなこと言ってる場合じゃねえし」

リクは文句を言いながらもライトボールをイメージした。

キラとリクのライトボールが重なると、バンと大きくなり、その中の磁場《じば》が強くなるような気がした。ふたりはイメージの中で、タマスをそのライトボールで包んだ。

キラが呟《つぶや》いた。

「タマスは敵じゃない。敵は自分の中にいる。僕の中の邪悪《じやあく》、欲望、毒々しさ、そんな心の闇がタマスとしてあらわれているだけなんだ――」

銃声がやんだ。

目を開けるとタマスが言った。

「降参するか？ 私もおまえたちを殺したくはない。聖櫃《アーク》を手に入れるまでは」

キラが口を開いた。

「エリカ」

そのキラの声音にタマスは身を引いた。リクも驚いて身を起こした。まるで、この世にある冷たいもの、硬いもの、そんなものさえ何もかも溶かしてしまうような音色の声。

「私はエリカじゃない！　タマスよ！」

「タマス」

キラは再び静かに呼びかけると、地上に降りてタマスの前に立った。

「どうして聖櫃《アーク》を手に入れたいの？」

「私が、いや、私が属する組織が世界を支配するためだ」

「世界を支配してどうするの？」

「偽善者どもを抹殺《まっさつ》する。金儲《かねもう》けが目的なのに社会貢献しているふりをする経済人。民は思い通りになるバカだと思っていながら頭を下げる政治家たち。子どもは言うことをきいていればいいと思っているのに子どもの権利を主張する親。そんな表と裏の顔を使い分けるやつらを見ると反吐《へど》がでる」

「裏の顔だけの社会が住みやすい世界だっていうのか？」

リクが言った。

「自分の欲望に忠実に生きる社会はストレートでムダがない。存在価値のない無能な人間を排除し、選ばれた有能な者だけが世界をコントロールすれば、食糧不足など大抵の問題は解決できる」

「タマス、無能な人なんて誰もいないよ。誰もがその人にしかない才能を持って生まれてきている」

キラが言うのに、タマスは「ふん」と鼻を鳴らして笑った。

「そんな大人がどこにいる？　みんな、お金や権力のドレイになっているだけじゃないか」

「それは、誰もが自分の才能に気付こうとしなかったからだよ！　そんな才能、ソウルビジネスがあるって知らなかったから！　だけど僕は、見つけようって思ってる！」キラは、タマスの心に届けたい一心で言った。

「バカバカしい」

タマスは言った。

「エリカを育てた組織では、優秀な者は生まれつきで、その選ばれた者だけが世界を導く権利があると言っている」

「組織ってきみを助けてくれた人たちのこと？」

「組織がエリカを助けたのだ。彼らが彼女の能力を伸ばし生かした」

タマスはエリカのことをまるで別の人格のように話していた。構わずキラは言った。

「両親がいなくなったとき、エリカを救ってくれたのは組織だけだったんだよね。だから言うことを聞かないといけないって思ってる。でも今からは違う生き方だってできる!」

タマスの全身が怒りで震えた。

「わかったようなことを言うんじゃない! おまえなんぞにわかるはずがない! 信じる者に裏切られ、たったひとり異国の地に放り出されたエリカの気持ちが! この世は裏切りと闘い、競争に打ち勝つ者だけが生き延びる暗黒なんだ!」

キラはタマスの目をじっと見つめ言った。

「僕はそうは思わない」

タマスが何を言うつもりだというふうに見返した。

キラが力強い声で言った。

「エリカ、帰ろう、僕たちと一緒に」

「どこに?」タマスが眉をひそめた。

「エリカに帰るところなどない」

キラはスケッチブックを広げてみせた。

かき氷を食べるエリカ、リク、キラ、そしてとんび。笑っている——。

「これがなんだと言うのだ!?」タマスが苛立《いらだ》った声を出した。

「かき氷を一緒に食べるんだ。そして、今度は決して溶けないようにドライアイスをもらって、おばあさんにかき氷を届ける」

「何言ってる、おばあさまはとっくに――」

「まだ間にあう。エリカの運ぶかき氷を待ってる人がいる。エリカが笑顔にさせなきゃいけない人が」

「エリカ、帰ろう！　オレたちと！」リクも声をあげた。

「エリカ……」キラの、北極の氷も溶かすだろう、その声音。

「……どうして」タマスがかすれるような声を出した。

「……どうして、そこまで人を信じられる？　それも私を？　私は、おまえたちを殺そうとしている」

キラが答えた。

「すべての目の前の人、できごとが、自分の鏡だってわかったんだ。きみは、僕の一部だって。僕は自分の中の欲望、毒々しい邪悪さ、弱さ、そのすべてにオッケーを出した。どんな醜《みにく》い自分も赦《ゆる》す。そしてきみを、エリカを、タマスを信じる」

タマスが崩《くず》れ落《お》ちるように膝《ひざ》をついた。仮面をとると大粒の涙をこぼすエリカがあらわれた。

「エリカ……」キラが呼んだ。その音はまるで「アイシテル」と言っているような響き――。

その音はエリカのハートを貫いた。エリカの瞳は涙でいっぱいになった。

「キラ……」

「エリカ！」リクが駆《か》け寄《よ》ってエリカの肩を抱いた。

トカゲ男たちがどよめいて、われ先にと逃げ出していく。

すると、トカゲ男たちの占拠から解放されてぽかりと開いた空間に老師《ラオシー》があらわれた。

「目の前にあらわれる、どんな人物も自分を映し出す鏡じょ。嫌いな人、苦手な奴《やつ》があらわれたときは、切り離した自分の部分を取り戻すチャンスなんじぇ。してはいけないことをやってるズルい人、すべきことをやっていない怠け者、正義をふりかざし人を裁く偽善者、欲望に走り人を騙《だま》す悪人、否定したいだろうが全部、自分自身の陰の部分を見せてくれておるだけじゃ。赦《ゆる》しは最強のパワーじぇ。目の前の相手を赦したとき、自分のその部分も赦され戻って来る。反対もしかり。自分自身の嫌な部分を赦していくと、嫌いな人はいなくなる。裁かれ切り離された部分がない人格ほどパワフルなものはない。それこそが真の勇者じょ」

老師《ラオシー》が空を見上げた。

キラもリクもエリカも見上げた。

はるか遠い空に夕焼けが出ていた。その雲のかなたから石《ストーン》があらわれた。その紫色の石は夕陽《ゆうひ》をあびてキラキラと光りながらキラに向かって落ちてくる。

ぴたりと手の中に収まった石《ストーン》を見ると「空」の文字が輝いた。

キラがリクとエリカに掲《かか》げて見せた。

「そら……？」リクが訊いた。

「くう、じゃ」

「空《くう》……」

「人生の主人公の座を取り戻した証《あかし》じぇ。『主人公』は、仏教の禅において『本当の自分』という意味なんじょ。中国、唐の時代に瑞巌禅師《ずいがんぜんじ》という高僧がおってな。その和尚《おしょう》は自分に『主人公よ』と呼びかけて、自分で『ハイ』と答えとったんじゃ。つねに本当の自分を見失わないようにな」

「ふーん、オレが主人公ってことは、老師《ラオシー》はオレの脇役？」リクがからかうように言った。

「ワシはワシの人生の主役に決まっとる」

誰もが自分の人生の主役を生きる――。その力を持っている。なんて素敵なことだ、とキラは思った。

老師《ラオシー》が言葉を継いだ。

「第七の紫の石《ストーン》は、神聖なエネルギーとつながる力を高めてくれる。ほれは人生の目的をはっきりさせてくれるじゃろう」

七つの石《ストーン》が揃った。赤い「恐」。オレンジの「寂」。黄色い「怒」。緑の「妬」。ソウルビジネスがあることを知った第五の青い「哀」。在《あ》り方を学んだ紺色の六つめ「我」。そして最後、世界が「鏡」だと腑《ふ》に落ちて得た紫の「空」。

そのとき、夕焼けの向こうから龍が飛んでくるのが見えた。キラとリクは驚きに目を見開いたが、なぜか同時に、それがMINAMOTOからの迎えなのだとわかった。

「お別れじゃ」老師《ラオシー》が告げた。

「え、もう逢《あ》えないの？」キラがびっくりして訊いた。

「勇者になるまでを導くのがワシの仕事じゃ。ワシは任務を完遂《かんすい》したでな」と、老師《ラオシー》は、ふたりの姿を目に焼きつけるように、しみじみとキラとリクを見つめた。

龍が近づいてきた。

「乗っていけ」老師《ラオシー》が言った。

キラとリクは泣きそうになった。老師《ラオシー》がいてくれたからここまで来られた。導き人が老師《ラオシー》ではなかったら挫折《ざせつ》したかもしれない――。

「老師《ラオシー》……」

感謝の気持ちを言葉にしようとすると、想いがあふれて涙になる。そんなふたりを遮《さえぎ》るように、「はよう行け。泣いてしまうやないか」と老師《ラオシー》も目をゴシゴシこすった。

「ありがとう、老師《ラオシー》」キラとリクは老師《ラオシー》にハグをした。

老師《ラオシー》がキラに囁《ささや》いた。

「毎日、ワシがメロンパンを食べようところを描《か》いてくれるとうれしいんやけんど」

キラはプッと噴《ふ》き出しながら頷《うなず》いた。

「ラジャー」

キラとリクは龍の背中に乗ると、エリカに手を差し出した。

エリカは首を横に振った。

「今の私は一緒に行けない……かき氷屋さんで待ってる」

リクがキラを見た。

キラは頷いた。

「行こう」

ふたりの乗った龍が舞い上がった。

見送りながら老師《ラオシー》が言った。

「わかいし（若者）よ、夢をかなえる神様はきみの勇気。勇気の数だけ花ひらく」

龍はふたりを乗せて次元と空間を超えていった。

神殿のようなところに着くとふたりを降ろした龍が、何か言いたそうにじっとキラを見た。

キラは、ふとその目の奥の光に懐かしさを覚えたが、龍はふいに視線をはずすと上空に舞い上がった。そしてふたりの上で大きく旋回《せんかい》した。まるで、さようならと告げているようだった。

「ありがとう、ドラゴン！」キラは叫んだ。

リクも「ありがとう！」と手を振った。

神殿はすべてが透明なクリスタルでできている。床も柱もツルツルと滑らかだ。階段を上がると、神輿《みこし》の形そっくりの聖櫃《アーク》が厳《おごそ》かに置かれていた。

「これが聖櫃《アーク》……」

ふたりは感動して近寄った。クリスタルでできた四角い箱を曲線の美しい四本の脚が支えている。

ふたりが聖櫃《アーク》の正面に立つと、七つの石《ストーン》がポケットからあらわれ出て、宙に一直線に並んだ。「赤」「オレンジ」「黄」「緑」「青」「紺」「紫」それぞれの石《ストーン》がくるくる回り始めると光を放ち、七色の虹をつくる。その虹が石《ストーン》と聖櫃《アーク》の間に橋をかけた。するとどうだろう。まるで自動扉のように聖櫃《アーク》の蓋《ふた》がスーッと開いた。

キラとリクが中を覗《のぞ》くと、剣と玉と鏡が納められている。

ふたりは一瞬、躊躇《ちゅうちょ》した。剣を手に入れて、どんな願望もかなえることができるのは、どちらかひとり――。

リクがおもむろに剣を手に取って掲《かか》げた。剣もまたクリスタルでできていて、外に出した途《と》端《たん》まぶしいほどの光彩を放った。

リクは剣をキラに差し出した。

「キラ、これはおまえが持つべきだ」

「いや、リクが持っていればいい」

「キラが六個も石《ストーン》を手に入れた。勇者はキラだ。平和で優しい世界をつくるんだろ？」

キラは首を振った。

「リクだってそうできる。それにリクは肩の病気を治して世界大会に行くんでしょ？」

「キラこそ、ママに指輪を買い戻すって言ってたじゃないか！　貧乏から抜け出すって！」

「抜け出すよ」力強い声でキラが言った。

「僕は、もう自分の力でそれを果たせるって信じてる。帰ったらママと一緒にソウルビジネスを見つける。もとの世界は時差があって、現実はなかなか変わらないかもしれない。でも自分を信じることができれば、何もいらない」

「オレもそうだ。肩を治して、両親に医者にはなりたくない、野球がやりたいって何度でも説得する。ダメだって言われたら説得できるだけの力をつける」

ふたりは剣を譲《ゆず》り合った。

突然、互いに押し合うふたりの間で、剣がまっぷたつに割れた。

「あ！」

——とんでもないことになってしまった！

苦労して手に入れた剣、歴史上の偉大な者たちまでもが望んでいた宝、それを壊してしまったのだ。

ふたりは動転した。

そのときだ。

割れてふたつになった剣がふたつの光の球体に形を変えると、キラとリク、ふたりの身体《からだ》に入っていった。そして心臓が脈打つハートの位置で七色の輝きを発し始めた。

それは、ふたりどちらともが勇者であるにふさわしいと剣が認めた証のようだった。

「キラ……」

「リク……」

ふたりは、それが自分の『命』そのものだと感じて声をかけあった。どう表現したらよいのだろう、「すべてがオッケー」という、何か大きなものに丸ごと受け止めれ、赦され、生かされているという感覚。「自分」という「個人」が溶けて、「すべて」、なくなった。否《いな》、何もないのに、同時に「すべて」がある。そして味わったことのない絶対的な安心感。

限界のないヨロコビ。とてつもなくパワーがあるのに静かな何か、ソレそのもの——。

——「ひとつ」であるとは、こういうことか。

『持ち帰り、みなに与えよ』

MINAMOTOの声が聞こえた。いっさいの分離感のない中でそれは音のように響いてきた。

「キラ!」リクが驚いた顔でキラを見た。リクにもその声は届いたのだ。

キラの中で何か大きなものが炸裂《さくれつ》し、それは『気づき』というにはあまりにも爆発的すぎる衝動が起こった。

「ああ、リク……これは特別な力じゃない。誰もがみな、望めば手に入るパワーだ! そして僕たちは、そのことをみんなに知らせていく。僕たちの表現を通して」

リクもわかったというふうに大きく頷いた。

「オレたちは調和の中で自分の人生をクリエートできる——」

「ああ、力が自分にあるんだってことを思い出せば——そしてもうすでにあったんだ。

僕たちは『命』を授かったそのときから、一度もこのパワーとはなれたことなどなかった」

ふたりは感動をも超えた深い心の震えの中にいた。

そして、この震えは伝えようとしなくても、七色の光を胸に持った者と触れ合うだけで自然に世界中に広がっていくことがわかった。

かつてないほどの『目覚め』が起ころうとしていた。聖櫃《アーク》の蓋を開くということはそういうことだったのだ。

キラとリクは聖櫃《アーク》の中に残る鏡と玉に目を移した。鏡は直径20センチほどの手鏡で、玉は直径30センチほどの球体。どちらもクリスタルでできている。

キラは鏡を取り上げるとリクに渡した。リクが手にとって顔を映すと、鏡の中でぐるぐるとエネルギーの流れが起こった。くねくねと動く万華鏡《まんげきょう》のようだ。するとどうだろう。肩の痛みが消えていく。

「あ!……」驚いたリクはシャツを脱いだ。なんと、腫瘍《しゅよう》で大きく腫《は》れていた患部がきれいに治っていた。肩をぶんぶん回してみる。

リクは泣きそうになりながら言った。

「オレ、メジャーにスカウトされちゃうかも」ムリにつくろうとする笑顔が歪んだ。

「そんなこと、わかってたよ」キラも合わせて軽く返した。冗談にしないと、ふたりして号泣しそうだった。

ふたりは、拳をつくるとガシッと腕を合わせた。

「キラの番だ――」リクは、キラが玉を手に取るのをうながした。

キラが持ち上げると玉はずしりと重かった。

「玉は歴史を映し出してくれるのよ。持ち主がもっとも見たい歴史のワンシーン」

キラはエリカの言葉を思い出した。

「僕が知りたい歴史のワンシーン……」キラは呟いて戸惑った。

――歴史の真実を知るということはパンドラの匣《はこ》をあけるということだ。そんなふうに隠された真実を知ることは人類にとっていいことなのだろうか？　いや、果たして僕が知りたいことなのだろうか？

僕が知りたいこと――。キラは考えた末に顔を上げると、意を決したように玉に向かって告げた。

「ダディの……僕のお父さんが今、どこにいるか、彼の歴史を教えてください」

玉がまるで意思を持った生き物のように一瞬光を発すると、そこにひとりのアメリカ軍人が映し出された。

場所は遠い異国に違いない。顔が大きくクローズアップされた。

「ダディ……」

キラは懐かしさで胸がいっぱいになった。

突然、ドーンという大きな音と地響きが起きて、軍服姿のダディが多くの軍人と一緒に吹っ飛ばされた。爆弾が爆発したに違いなかった。

砂埃《すなぼこり》と煙塵《えんじん》の中から、地面に打ちつけられたダディの姿が浮かび上がった。

その姿を見てキラは息をのんだ。

全身血だらけで、右腕が吹き飛ばされなくなっていた。

突然シーンが切り替わった。

米軍の病院だ。ベッドに座ったダディとスーツ姿のメガネをかけた男。

『離婚でいい。オレはもう日本には帰らない――』ダディがはき捨てるように告げると、男は『わかりました』と書類を持って立ち去った。ふたりの会話は英語なのに、なぜかキラには理解ができる。

こうやってダディはママと僕を棄《す》てたんだ……。キラは熱い鉄の火箸《ひばし》でぐっさりと背中まで貫かれたような痛みを感じた。

場面が切り替わると、なぜか聖櫃《アーク》の森だった。

軍服ではないダディが鶴岩と亀岩の間の地面を掘っている。左手だけで作業する姿が痛々しい。

——ダディもここに来たのか!?　勇者になるために？

キラが驚いて見ていると、突然、湖面が割れ、龍がダディに襲いかかった。

ダディはキラリと光る日本刀を持って龍に対峙《たいじ》した。

七つの頭から噴《ふ》く炎の攻撃をかわしながら、龍の頭をひとつずつ切り落としていった。まさに死闘だった。ダディは幻影の頭を六個退治したあとで、最後の頭の目に刀を突き刺した。

龍が聞いたこともないようなおどろおどろしい啼《な》き声をあげて倒れた。ダディは龍に勝利したのだ。しかし、その瞬間、彼ははたと自《おの》ずから気づいた。龍は、勇者たる者かどうか見極めるために闘いを挑んできた。決して殺してはいけないのだ。ダディから勇者の資格は永遠に奪われた。

絶望にうちのめされたダディは地面に伏したが、すぐに顔を上げて叫んだ。

『ＭＩＮＡＭＯＴＯよ、オレをおまえのしもべにしてくれ！　オレを通しておまえの意思をあらわす存在にしてほしい』

何度も叫ぶダディの前に老師《ラォシー》があらわれた。

『おまえは何がしたい？　失った腕を取り戻したいのか？』

ダディは、ふっと笑ってみせた。

『腕の一本や二本、オレが取り戻したいものと引き換えならいくらでもくれてやる』

『取り戻したいもの？』

『オレは……命をかけて守りたいものを傷つけ捨てた……』

『それはなんじゃ？』

『妻と息子……青い髪の息子を……どうしても受け入れられずバケモノと切り捨てた……腕を失って自暴自棄《じぼうじき》になっていたというのもある。しかしオレも腕を失い『普通』とは見られなくなってわかったんだ……あの子がどれだけたいせつだったかを……』

『気づいたなら、その瞬間から生き直せる。人間は失敗をするけんど、ほれは学びのためじょ。おまえも何度でも転び、何度でも立ち上がれ』

『いや……』ダディは俯《うつむ》いた。

『オレのしてしまったことは許されることじゃない』

『どうしたら許されると？　聖櫃《アーク》を手に入れて何を願うつもりだった？』

『オレのような間違いのない世界を……誰にも優しくできる社会を……オレひとりが改心し、あのふたりを守ったところで世界が変わらない限り、あの子が厳しい現実を突きつけられるのは変わらない。世界を変革しないと――』

『じゃが失敗した』

『ああ、オレは勇者にはなれなかった――だが、聖櫃《アーク》を手に入れようとする者から聖櫃《アーク》を守ることはできる。本物の勇者にだけ聖櫃《アーク》が渡るように……』

『それは……もうもとの世界に戻れない、ということじょ』

『それでもかまわない……本物の勇者があらわれ、オレの息子が、キラが幸せに暮らせるならそれでいい――』

『そんなに早く勇者はあらわれないかもしれない。もうすでに何百年もMINAMOTOは待ち続けてきた。それでもあらわれなかった。ここまで来たのも、おまえだけ。そのことに感銘《かんめい》を受けて、ワシは特別に許しを得て、おまえと話している』

『何百年、いや、何千年かかろうとかまわない。それまで命あるものに変えてくれ。勇者が聖櫃《アーク》を手にしたとき、オレは自分の命が消えることを約束する。それまででいい、オレに聖櫃《アーク》を守らせてほしい』

『孤独なことじょ――』

老師《ラオシー》がその言いあらわせないほどの孤独を見てきた者として実感をこめて言った。

『もう二度とその口で愛する者と話すこともできなくなる。その目で愛《いと》しい者を愛《め》でることも』

『かまわない』ダディは固い決意をこめて頷いた。

『わかった――目を閉じよ』

ダディが瞼《まぶた》を閉じた。

そのとき。

空が割れて強烈な光が、まるで雷のようにダディを打った。

突然ダディが苦痛にのたうち体をエビ状にのけぞらせると倒れた。と同時に、倒れていた龍が息を吹き返した。巨体がもち上がると切り落とされた七つの頭が胴体にくっついた。そして七つの頭を一斉にくねらせた。ダディの魂が死んだ龍に命を吹き込んだのだ。

龍になったダディは大きく火を噴いた。そして、湖に潜っていった。

キラは言葉にならない大きな息をはいた。

「ダディ……」

――あの龍がダディ……僕を守るために……何年も、何千年も龍として生きる覚悟をしてここにいた……。

キラは崩れ落ちた。

リクは、そのキラのそばに寄り添った。言葉は失われた。

語るべき言葉などない。

キラの瞳からこぼれる涙が青く光っていた。

――ダディは愛を伝えるために、龍になった。

キラは、そのとき、旅の始まりからＭＩＮＡＭＯＴＯに問い続けた答えが閃《ひらめ》きとして湧《わ》き上がるのを感じた。

どうして、MINAMOTOは『分離のゲーム』を始めたのか。

『ひとつ』はバラバラに分かれて、それぞれの身体に入った。

それは競うためでも、違いを見つけ比較するためでもない。

――愛を伝えるためだ。

身体をもつのは、愛を表現するため。その指は、愛する人の髪を撫《な》でるため。唇はキスをするため。腕は抱きしめるため。言葉は伝えるため。分離したのは助け合うため。

自分ひとりではわからない――そのことを。

だから、それぞれが自分だけの才能を授けられたのだ。その表現を通して、お互いを楽しませられるように。癒《い》やし合えるように。勇気づけられるように。

声も音楽もダンスも、すべてが、この世にあるすべてのものが、ただ愛のあらわれ――。

――ダディ……僕は、あなたから、そのことを学びました……。

キラは神殿から駆け出ていくと、龍が飛び去った方角を見つめた。

リクが追って出てきた。

「キラのお父さん、湖に？」

「ううん」と、キラは首を横に振った。

――もうダディはいない。龍としての命も去った。それは僕たちが勇者になるまでの約束だった……。

でも、僕は、受け取った。命をかけてでも、ダディが僕を守ろうとした、その想いを。かけがえのないものを守ろうとする勇気の人であったことを――。

キラは遠くに輝く夕焼けを見つめた。

その雲は、龍の形をしていた。

――ありがとう、ダディ。

僕は、帰るよ。そして伝える。誰もが勇者だということを。そして、たったひとりでも、力を自分に取り戻すとき、そこには天国があらわれるということを――。

※　　※　　※　　※

キラとリクが葉山《はやま》に戻って来たとき、夏の一日は暮れて夜を迎えていた。

大急ぎで駆けるキラを花梨《かりん》が家の表で待っていた。

「ママ！」キラは花梨の腕の中に飛び込んだ。

「どこに行ってたの？　学校休んだっていうから心配したのよ」

「冒険に行ったんだ。僕、勇者になったんだよ」

「知ってるわ。あなたはいつも、私にとっては勇者だったもの」

花梨がそう言いながら小さな悲鳴にも似た声をあげた。

「あらまぁ髪が……染めないと」とキラの青い髪に触れた。

キラはその指を取ると、花梨の両手を握ってまっすぐに目を見つめて言った。

「ママ、僕はもう髪は染めない。コンタクトレンズもいらないよ。僕はこのままでもう大丈夫」

ママがにっこりと頷いた。

キラは、花梨があまりにも簡単に納得したのに驚いたが、すぐに思いなおした。

――そりゃあそうだ、僕が映し出す現実だもの、僕が大丈夫と決めればそうなって当たり前。

「ママ、僕、わかったんだ。どんな自分でも好きでいようって。自分を嫌うコンプレックスが人との間に壁をつくるって」

キラと花梨は手をつないで家の中に入ろうとした。主人のいないとんびの家がぽつんと寂しげにあるのに気づいてキラが口を開いた。

「ママ、とんびが……」

花梨が言った。

「キラ、よく聞いて。とんびは今日天国に旅立ったの。ママが帰ってきたらもう息をしていなかった――」

「ああ、そうなんだ――」キラは答えた。

「知ってたの？　ママ、あなたにどう話そうかって……」

「わかってる。とんびは生ききった。エンジョイして逝《い》ったんだ」

花梨は頷いた。

「彼は幸せを運んでくれたわ。私たちの日々を楽しくしてくれた」そう言ったあとでふとつけ加えた。

「どうしたの、キラ、あなた、まるで急に成長したみたい」

ふふっと笑ってキラは言った。

「冒険は少年を男にするんだよ」

「生意気言っちゃって！」花梨がキラの頭をくしゃくしゃにした。

青い髪が逆立った。波のように。

その髪にママが口づけた。

「大好きよ、キラ」

「僕もだよ、ママ」

キラは空を見上げた。星が流れた。まるで誰かがサインを送っているかのようだった。

翌朝、登校したキラをいつもの上履き隠しが待っていた。

キラは裸足で教室に向かった。

青い髪、青い目のキラに、みんながギョッと注目した。

キラは構わずイジメをする少年たちの前に立つと、まっすぐに見つめて言った。

「いい加減やめてくれないかな。僕のせいで球技大会で優勝を逃したのは謝る。だけど、それに不満があるなら直接言ってくれ」

言われた子どもたちは一瞬きょとんとしたあとで、おどおどと逃げ去った。

リクが「キラ、おはよう！」とやって来た。

「おはよう、リク」

キラとリクは、握り拳をつくった腕と腕でハイタッチをした。

キラとリクはかき氷屋に向かってダッシュしていた。

キラのポケットには５００円玉が二個入っている。どういう気持ちの変化か、花梨の父親、つまりキラの祖父がキラの養育費にと言って、少なくない金額を花梨に送金してきていた。

背中のランドセルの中で筆箱がガチャガチャ音をたてる。もうランドセルは空を飛ばない。

それでも。

そのガチャガチャが、教科書の重さが、なんて幸せなんだ、とキラは思った。

かき氷屋に到着すると、店の前の行列に並んでいた少女が「おそ〜い！」と叫んだ。

「エリカ！」

エリカがにっこり笑った。

見たこともないほど明るく素敵な笑顔だ。

それはキラが描いたスケッチブックのエリカだった。

そうして三人は絵の通りにかき氷を頬張《ほおば》った。

とんびだけがいなかった。

でも、とんびが与えてくれたものが、みんなの胸にあった。それを三人ともが感じて、でも言葉にはしたくなくて、ただただ笑った。

海が彼らを呼んだ。

三人は海岸《ビーチ》に向かって駆けて行った。

青い髪のキラを人々は振り返った。

驚いた顔で見る者、奇異《きい》なまなざしを送る者、囁き声で悪口を言う者がいた。

それでもキラは青い髪をもう隠そうとは思わなかった。
キラの心は、嫌われる怖《おそ》れよりも、愛するヨロコビでいっぱいだったのだ。

そのままの自分にはなまるをつけるとき。
どんな自分をも大丈夫と赦《ゆる》すとき。
自分の最大の味方であるとき。
一歩前に踏み出す勇気が湧いてくる。
勇気を出すのは自分しかいないから。
踏み出すのは、この足しかないから。
そして、踏みしめたそのあとに、花が咲く。
命の花が――。
どこを探してもない唯一無二《ゆいいつむに》の花。
それは、地球という物理次元の惑星《ほし》でしか起こらないいきみの物語――。

完

老師《ラオシー》の教え

第一の石《ストーン》「赤」～恐～

「キラ、おまはんは、丹田《たんでん》に意識を向け肚《はら》を感じて呼吸した。ほれは心の内側に意識を向ける簡単な方法のひとつじょ。人類は潜在意識でつながっている。ほなけん内側に意識を向けると、潜在意識でつながっている相手の思惑《おもわく》がわかるんじぇ」

——丹田に意識を向け、ライトボールをイメージし、その中で呼吸を深くする——

意識が内側に向くと、現実のあれやこれやを気にしていた気持ちから解放され、リラックスする効果があります。キラは、この教えを実行したことで「恐《おそ》れ」を克服しました。

第二の石《ストーン》「オレンジ」～寂～

「内なる声とは、身体《からだ》からのサイン、ハートの囁《ささや》きのようなもの。キラは今まで人の顔色ばかりうかがって生きてきた。自分がどうしたいかよりも、人がそうするから同じことをするということをしてきた。ほんなことしとったら、内なる声を聞く能力は失われていく」

――ワクワク羅針盤《らしんばん》を作動させよう――

人は誰もが『ワクワク羅針盤』を持っています。「好きな」こと、「真実」であることに対しては、身体が弾み、ときめきを感じます。物事を選ぶとき、内なる声の『ワクワク羅針盤』を感じてみましょう。キラは、「ワクワク」を選ぶことで「寂しさ」が癒《い》やされました。

第三の石《ストーン》「黄」～怒～

「そのネガティブな信念を打ち破る方法がキャラになりきることじゃ。勇者になりきる。勇者ならどんな選択をするか？　どんな発言をするのか？　勇者のキャラクターとして生活してみる。役者が役作りするようなもんじゃな。演じている役になりきる、そうしてその周波数になる」

――ライフシナリオを書き、その主人公のキャラクターになりきる――

夢の人生を生きているあなたは、どんなキャラクターでしょう？　リクは、「勇者」そのものになることで「怒り」という感情を冒険の原動力にすることができました。

第四の石《ストーン》「緑」～妬～

「現実のせいで感情が起こっていると思っているが、実は逆で、感情が現実を映し出しとる。しかし普通は現実が起こるまでに時間がかかる。その時差のせいで、思考や感情が先だということがわかりにくくなっとるんじょ。今から感情、気持ちを手放す方法を教える」

――感情を色と形にして手放す――

どんな感情も中立な周波数、エネルギーです。色と形で硬さ、重さをつけてイメージしてみましょう。キラは「嫉妬《しっと》」という嫌っていた感情を簡単に解放しました。

第五の石《ストーン》「青」～哀～

「誰もが、その人にしかない独自の才能、ソウルビジネスをMINAMOTOから授かって生まれてきておる。ソウルビジネスが仕事になる人、仕事にはならんが趣味になる人、いろいろおるけど、ソウルビジネスは魂の表現なんじょ」

――あなた独自の才能、ソウルビジネスを見つけよう――

あなたには、あなただけに授けられた才能があります。それを生きることで人生は生きがいに満ちたものになります。キラは、とんびが自分を信じてくれたことを思い出し、とんびをなくした「哀しみ」を受け入れることができました。

第六の石《ストーン》「紺」～我～

「何をするかよりもたいせつなことは、それをどんな意識でやるか。DoよりBeに意識的であることじゃ。自分はダメだという前提で物事にトライするのか、自分はできると信じてチャレンジするのか、結果が大きく違うだろう。現実はすべて、おまはんらの、自分に対して持っている考えによるんじょ」

――どんな自分にもOKを出す、全肯定《ぜんこうてい》してみる――

ありのままの自分自身を愛したとき、エゴではない「愛」からの選択行動が始まります。

キラは青い髪の自分にOKを出したことで「無」の境地になり、龍の意味に気付きます。

第七の石《ストーン》「紫」～空～

「目の前にあらわれる、どんな人物も自分を映し出す鏡じょ。嫌いな人、苦手な奴《やつ》があらわれたときは、切り離した自分の部分を取り戻すチャンスなんじぇ。赦《ゆる》しは最強のパワーじぇ。目の前の相手を赦したとき、自分のその部分も赦され戻って来る」

――どんな出来事、どんな人物もありのままを受け止めてみる――

目の前の現実は、あなたの「周波数」のあらわれです。そのことに気づいたとき、現実を創るパワーが自分に戻ってきます。キラは、敵のタマスも自分の「一部」ととらえ受け入れることで、人生の「主人公」としての目覚めを体験します。それはMINAMOTOとつながること、「ひとつ」そのものの限界のないパワーを取り戻すことでもありました。

文庫版特典「老師《ラオシー》からのメッセージ　～『第八の知恵』～」

以下は、単行本未収録の文庫版特典「老師《ラオシー》からのメッセージ　～『第八の知恵』～」です。

エリカ、元気にしよるんか？

元気だって？　嘘つけ。悩んどる。八方ふさがりの四面楚歌《しめんそか》の中におる。

キラから聞いたのかって？

いや、キラはそんなことは言ってない。

キラとリク、エリカ、おまはんらが不思議な森の冒険で出会ってからもう五年も経ったんやなぁ。

キラは高校に行かないで、世界中を絵を描きながら旅してるらしいな。

リクは高校野球で注目されて夢に向かってまっしぐらだって。

エリカ、おまはんも世の中がびっくりするような世界的発明をしたって聞いとるよ。

なのに、なんじゃ、そのしょげた顔は？

ワシに助けを求めてたのに、助けてくれんかったたって？

何を言うとる。ワシも、おまはんについてる守護神も天使も、たくさんの存在が、おまはんを守るために、いろんな手段で合図を送っとった。

ほなけんど、おまはんはメッセージに気づこうとせえへん。

いや、おまはんだけじゃない、人間たちはみんな、ほうじょ。

ワシらがどんだけ心配したり、気をもんだりしとることか！

なのに、「外」のことばっかり気にして、ワシらの声に耳を傾けることもせん。

「外」のことって何かって？

「外」のことって言うたら、「外」のことじゃ。

人の目や、誰かの噂や、今日あったいいこと悪いこと。

お金がないとか、テスト失敗したとか、カレシに冷たくされたとか。

太ったとか、仕事うまくいくんやろうかとか、夫は浮気してへんやろうか、とか。

おまはんら人間の頭の中は、いっつも現実のアレコレで忙しい。

そんなに忙しくしてたら、ワシら高次元の存在の声は届かんのんじゃ。

おまはんが受け取らないものやから、ワシは人間界に姿を現さないという掟《おきて》を破ってここに来た。


エリカは、キラとリクが受け取った勇者の「七つの知恵」は知っているか？

そうか、一応か。

ほなけんど、知ってるだけで、生きてないな？

「七つの知恵」は勇者になるための教えじゃ。

知ってるだけでは役にはたたない。実際の生活の中で使って、生きてみないと。

ところで勇者とは何か？

自分が何者かを知ってる者のことじょ。

何者かはわかってるって？

ああ、キラとリクが言ってるから？

そう、「自分が世界の創造主」ってことじゃ。

でも、これは頭でわかっててもなぁにも変わらん。

というか、生半可に知ったばっかりに、よけいに苦しむこともある。

そうじゃ、エリカ、今のおまはんみたいにな。

エリカ、おまはんは、勇者になる旅で、現実を自分が創っていること、そしてそれは自分がどんな前提を持っているかによって形作られることを知ったな？

それで、自分を定義した。

「自分は優秀な化学者だ」と。

だから、それにふさわしい現実が起こった。

夢だった発明に成功したんじゃ。

しかし、問題は、それからじゃ。

エリカ、おまはんは、最近、良いアイデアが浮かばずに、発明ができなくなった。ほうじゃな？

……素直に認めなはれ。

現実は、どれほど深刻で辛いものでも、ワシらから見たら中立じゃ。

問題は、人を真実の道に戻すために起こる。自分の潜在意識ＭＩＮＡＭＯＴＯがあえて起こすと言ってもいい。

エリカに起こったインスピレーションが来ない現象は、おまはんが次のステージにいくためのものなんじゃ。

おまはんだけちゃう。キラとリクから現実の起こし方を聞いた多くの者たちが夢を叶《かな》え幸せになった。

その者たちが時を経て、次の段階に進む時が来たんじゃ。

今日ワシが来たのは、その次に進むために大事な「第八の知恵」を伝えるためじょ。


あ、そこにあるのはメロンパンじゃないか⁉

おお、憧《あこが》れのメロンパン！

ワシはメロンパンにつられてやってきた⁉

おっほん！

そんなわけないじゃろ。ワシは、こう見えても、大いなるMINAMOTOの使い。

それにしても、メロンパンはうまいのぉ。

いかんいかん。欲望に目がくらんでは。

これがな、「外」に意識が向いてるってことなんじょ。

「外」に意識を向けた状態では、何もかもがうまくいかない。

エリカ、おまはんにインスピレーションが来なくなったのは、意識が「外」を向いたからじゃ。

世紀の大発明をして、おまはんは世界中から注目された。

ノーベル化学賞候補になった、史上最年少の少女として、おまはんを世界中のメディアが追い始めた。

おまはんの研究が金になると気づいた世界中の大人が近づいて来た。

おまはんは、そういう大人を軽蔑《けいべつ》しながら、その賞賛に酔ったんじゃ。

いや、それは悪いことじゃない。

当たり前のことじゃ。

長年、研究をして何度もノーベル賞候補に上る年季の入ったオヤジでも天狗《てんぐ》になってもおかしくないような出来事じゃった。

おまはんは、まだ十九歳。

若い女の子。

それもこれほど美しい。

その女子が世界を根こそぎ変えるかもしれない世紀の大発見をしたんじゃ。

賞賛と嫉妬《しっと》を浴びるのは、ワシらも想定内じゃった。

だけど、その強度が予想以上に凄《すご》かった。

世界中のテレビ、新聞、雑誌で、エリカ、おまはんの姿を見ない日はなかった。

化学者として扱われるのならまだ良かった。

おまはんは、映画スターのように、趣味や興味の対象を知られるだけじゃなく、経歴や生い立ちまでさらされることになった。

それもきつかったろうが、おまはんの限界がきたのは、借金を作っておまはんを置いて逃げた両親が名乗り出たことだったんじゃろ？


……エリカ……我慢せんでいい。

泣いていい。泣いたらいい。

泣くのは、心を安らかにする。


——落ち着いたか？

そうか。ほな、続きを始めるで。

意識の使い方は、「内」と「外」、どちらを向いているかで、大雑把に四つに分けることができる。

1　自信がなくて人の反応を気にしている完全な外向き。

2　自信がないのを人の承認でうめようとアピールする外向き。

3　自信があって基本的には内向きだが、ときどき、自分のうまさ、才能、存在をピーアールしようと外向きになる。

4　自信のあるなし、承認欲求など関係なくなるほど、好きなことに夢中になっている完全な内向き。

エリカ、おまはんは、化学が好きで、実験に夢中になって取り組んで、ずっと四番目の意識の使い方をしてきてた。

これが芸術や文学や医学、どんな分野においても天才と言われる者たちの意識の使い方じゃ。

ほなけんど、おまはんは、みんなから賞賛を受け始めた頃から、ちょっとずつ外に向き始めた（意識の使い方3）。

褒められることが嬉《うれ》しくて、それで自分の価値を測り始めたんじゃな。

人の評価と自分の価値がイコールになってしまったんじゃ。

そこから人間の不幸が始まる。

意識の使い方2になって、意識が外を向いた。人の賞賛、承認をもっと求めるようになった。

そのために、さらに素晴らしい発明をしなくてはと焦り始める。

そんな時だ。ご両親がマスコミの前に姿を現した。

エリカ、おまはんに逢《あ》いに来るのではなく。

ノーベル化学賞候補の娘を育てたのは自分たちだと、鼻高々にインタビューを受け始めたんだ。

おまはんにとって、それはとんでもないショックだった。

自分を棄てた親が、栄光を摑《つか》んだ途端、その功績は自分たちにあると主張し始めたんじゃからな。

おまはんは、人の批判、思惑が気になり始めた。

意識の使い方1の完全なる外向きになった。

こうなったら、もう、インスピレーションはやってこない。

そして、その時には、「外」に力を与えすぎているので、自分が創造主、この人生の主人公は自分だということもすっかり忘れ去ってしまう。

つまりな、誰もが、意識の使い方ひとつで、天才にもなるし、凡人にもなるってことじゃ。

それは一瞬で変わる。

エリカ、意識を「内」に向けるんじゃ。

もとの光り輝く自信に満ちたエリカに戻りたかったら、意識を内側に向ける、ただそれだけじょ。

意識の「内」と「外」がわからない？

目を閉じて。

目を閉じると、外の物が見えない。内側に集中したい時は、そこから始めると良い。

そして呼吸に意識を向ける。

はい、深呼吸。深く吸うて、ゆっくり吐いて。

どうじゃ？　ちっとは心が静まったか？

この「静寂」がとても大事なんじょ。

最近、マインドフルネスっていうんがはやっとるそうやな？
それは、多くの人が「本当のこと」に気づき始めてるからじゃ。
心の状態が「現実の現れ方」に影響を与えるってことにな。
この心の「静寂」と繫《つな》がった状態。
これが意識が内ということじゃ。
そして、この意識状態を保つために、もっとも大切なことがある。
評価を捨てる。
人の目を捨てる。
未来を捨てる。
誰に何をどう思われ、未来がどうなってもいいと、ハラを決める。
そして、あれやこれや、心配でいっぱいになる思考を捨てるんじゃ。
これは勇気がいるぞ。
はじめは、震えるほどの恐怖じゃろう。

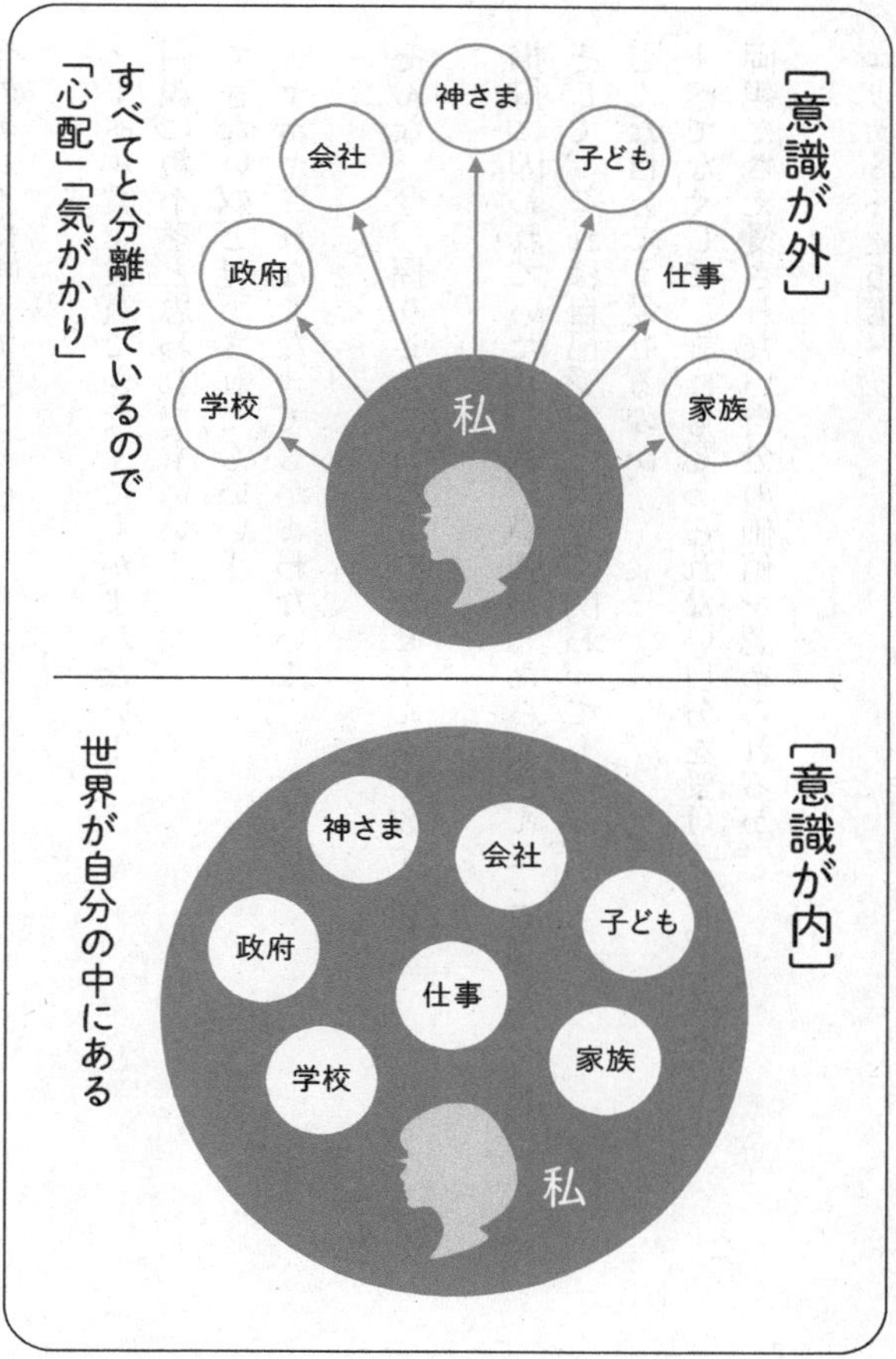
〔意識が外〕
すべてと分離しているので
「心配」「気がかり」
神さま
会社
子ども
政府
仕事
学校
家族
私
〔意識が内〕
世界が自分の中にある
神さま
会社
子ども
政府
仕事
学校
家族
私

今のエリカに喩《たと》えて言うなら、
ノーベル賞を受賞できなくてもかまわない！
両親に親不孝と思われてもいい！
できない奴と見下されてもいい！
チヤホヤされなくなってもかまわない！

そんな、今、握りしめているものをぜーんぶ手放すんじゃ。

損得に囚《とら》われていたり、欲望が強かったらできんことじゃな。
そして、これは自己受容と大きく関わってもいる。
どんな自分でも愛せるのか。
すべてなくして、誰にも認められない自分を受け入れられるか。
両親にさえ愛されない自分の価値を認められるか。

エリカ……そうじゃ。
気がついたようじゃな。

深い大いなる自分と繋がる。

それは「愛の泉」と繋がる聖なる体験じゃ。

お前たち、人間は、何かができるからとか、容姿がいいからとか、何かを持っているからとか、そんな「外側」の理由じゃなく、ただ、ここに存在しているだけで、ただただそれだけで、既に愛されている、そのことがわかるだろう？

なんにもしなくても、何者かにならなくても、既に素晴らしい大切なひとりなんだ。


世界から、誰ひとり漏らさず愛されている。

それがおまはんら人間なんじゃ。

「愛の泉」との繋がりを取り戻さない限り、そのことがわからないから、永遠に「外」に求め始める。

お金を持てたら。

美しくなったら。

結婚したら。

人気者になったら。

持っていない何かを手に入れたら幸せになれるという幻想の中で忙しく生きている。

そうじゃない。

もう既に、ここに「幸せ」はある。

気がつきさえすれば。

おまはんらは、この世界にたったひとつの、ユニークな存在なんじゃ。


エリカ、思い出したな……。

もう大丈夫だ。

エリカ、おまはんはもうノーベル賞をもらわなくても、受賞した以上の幸せに気がついた。

幸福感と目の前の現実は、本当は全く関係ないんじゃ。

そしてな、逆説的なことなんじゃが、そういう者に、欲しい物はあっさりと与えられるものなのじゃ。

おそらく、次のノーベル化学賞を獲《と》るのは、エリカ、おまはんじゃろう。

おめでとう。

「愛の泉」と繋がって、夢を生きる。

そのために必要な意識の使い方。

それが「八つ目の知恵」じゃ。

これで、安心してメロンパンを頬張れる。
うひひ。
ん？
ワシに助けてもらうために、メロンパンで釣ろうと毎日お供えしてた？
……悪いのぉ。
メロンパンに釣られたんは本当じゃ。
ほなけんど、掟《おきて》を破ってまでここに来たのは、メロンパンのせいじゃない。
――キラの頼みじゃ。
この前、キラは十七歳の誕生日を迎えた。
勇者には誕生日にひとつ、普段は叶《かな》えられない奇跡を与えることが約束されている。
キラの望んだ奇跡はただひとつ。
エリカがエリカであって欲しい。
ワシは訊《たず》ねた。
エリカに笑顔を取り戻したらええんやな？　と。

キラは言った。

いや、そんなもんはいいんだよ。

僕は、発明で頭がいっぱいの不機嫌なエリカで、そのままで、普通のエリカが好きなんだ。


エリカ……？

あ、また涙して……。

なんで泣いちょる？

あ、メロンパンは泣いても返さへんでな。

うひひ。

うんまい！

あれ、どうしたんやろ。

ワシも目から水が止まらない！！！！！

アイニ　フレルト　イミノナイ　ナミダ　ガ　アフレル。
キミノ　アイノイズミ　ハ　イマココニ。
キミノナカニ。

本書は、二〇一五年十二月にサンマーク出版より刊行された単行本を加筆修正のうえ、文庫化したものです。

臆病《おくびよう》な僕《ぼく》でも勇者《ゆうしや》になれた七《なな》つの教《おし》え

旺季志《おうきし》ずか

令和元年 10月25日　初版発行
令和７年　4月10日　10版発行

発行者●山下直久

発行●株式会社KADOKAWA
〒102-8177　東京都千代田区富士見2-13-3
電話　0570-002-301（ナビダイヤル）

角川文庫 21841

印刷所●株式会社KADOKAWA
製本所●株式会社KADOKAWA

表紙画●和田三造

●お問い合わせ
https://www.kadokawa.co.jp/（「お問い合わせ」へお進みください）
※内容によっては、お答えできない場合があります。
※サポートは日本国内のみとさせていただきます。
※Japanese text only

ISBN 978-4-04-108306-2　C0193

◆◇◇